徳間文庫

階段ランナー

吉野万理子

徳間書店

1

あれ？　閉じ込められた。

僕は、暗がりの中で目をこすりながら、あたりを見回した。図書室は真っ暗になっていた。いつの間にか、机に突っ伏してうたた寝していたみたいだ。お気に入りの席は、書架《しょか》の奥にあるので、入口からは見えない。

曇りガラスの向こうから、廊下《ろうか》の常夜灯《じょうやとう》の光がわずかに入ってきているので、なんとか手元が見える。辛《かろ》うじて荷物をまとめることができた。

立ち上がって、書架の間を通った。夜の図書室は、眠っているクマのようだ。きっかけがあれば動き出しそうな。起こさないように、忍び足で入口の貸し出しカウンター前に出た。

ドアの鍵はかかっていた。内側から開けられてよかった。明日、司書の松間《まつま》先生は施錠《せじょう》されていないことに気づいてあわてるかもしれない、と思い、メモを残した。

ごめんなさい。鍵が閉まっていたので開けました。2年1組　奥貫広夢《おくぬきひろむ》

廊下を通って、建物の入口に辿《たど》り着くと、ここもまた施錠されていた。サイレンが鳴りだして、警備会社が来たらどうしよう、と恐れながらドアを押す。無音のままだったので、ホッと息をついた。

腕時計を見た。下校時刻からは、意外と時間はたっていなかった。まだ七時二十八分だ。

僕が今までいた第二校舎は無人だったが、本校舎の方は人がいるようで、一階のエントランスホールと、その向こうの教員室は明るい。誰にも見つからないうちにさっさと出て行こうと思ったが、視界の上の方で何か動いた気がした。

本校舎の外壁《がいへき》に目をやりながら、顔を上の方に向ける。

屋上《おくじょう》に人がいた。

男性のようだが、はっきりしない。曖昧《あいまい》なのは、自分の視力が両目とも〇・七と微《び》妙《みょう》に低いせいだった。眼鏡《めがね》もコンタクトレンズもしないまま、この世界でずっと生きてきた。特に支障はない。こういう瞬間《しゅんかん》以外は。

その人が身を乗り出したようにも見えて、僕は、「おーい」と声をかけようか迷って、思いとどまった。思いつめて飛び降りることでも考えていたら、行動を早める原

原因になるかもしれない。

本校舎に向かい、エントランスホール左側の事務局をのぞいた。明かりはついているのに誰もいない。教員室に入って、先生に伝えようか。でも、なぜこの時間まで自分が居残っているのかを問いただされたら、説明が長くなってしまう。

急いだほうがいい。あの人が今にも飛び降りそうな気がしてきて、僕は階段を駆《か》け上がった。小さい段差だから二段抜かしで行ける。が、二階に到着した時点で、息が上がり始め、次の踊《おど》り場で走るのをやめて、歩きながら呼吸を整えないといけない状態になっていた。

今更ながら、準備運動代わりに足首を回して、ふくらはぎをとんとんと叩《たた》く。部活をやめなかったら、もっと体力はあったはずだ。

三階まで階段を上がったところの正面が僕の教室だが、上のすりガラス越しに見える室内は暗い。廊下は、足元を間接照明《しょうめい》がところどころ照らしていて、いつも見ている学校と別の場所のように思える。

そのまま階段を上る。淡《あわ》い水色の壁ににょろりとしたものが浮かび上がった。ヤモリかと思ったが、近づいたら壁の塗装《とそう》が剥《は》げていただけだった。

屋上に立っていたのは、同級生か下級生か。あるいは、卒業生ということもあるのだろうか。就職がうまくいかなくて、母校に戻って……どこかで見たニュースを思い出す。僕がうまく説得できるだろうか。

四階を過ぎて最後、暗がりの階段を上ると、そこが屋上だ。鉄扉の鍵を「開」のほうに動かそうとして、既《すで》に回っていることに気づいた。

重いドアを押し開けた。

屋上は暗いけれど、そこから見渡《みわた》す街は明るい。近くには元町《もとまち》や中華街のビル群が並び、遠くではランドマークタワー、インターコンチネンタルホテルといった、絵葉書のモチーフになる建造物が、光を放《はな》っている。高速道路は絶《た》え間なく車が続き、赤いテールランプがうねっていた。

その景色《けしき》をぼんやりと見ている人影が見えて、僕はふうっとため息をもらした。

「なんだ、先生だったんですか」

高桑曜太朗《たかくわようたろう》先生。通称タクワンと呼ばれている。肩と上腕がごつい。社会の先生で、今年度は歴史、昨年度は地理を習った。でも知らない人は体育の先生だと思い込みそうだ。

タクワン先生は振り返った。

「ああ、きみ、二年一組の奥貫くん」

「え、すごい。先生って担任じゃなくても名前覚えてるんですか」

「君は、最初に覚えたよ。言葉遣いが丁寧《ていねい》な男子って、ほぼいないし」

優しいフォローだなと思った。僕を最初に覚えたのは、そういう理由ではないはずだ。

入学直後、おそらく全校に名前が知れ渡った。正直、退学を覚悟した。でも、学校側は僕が思っていたよりも鷹揚《おうよう》で、温かく見守られながら二年が過ぎた。

「下校時刻とっくに過ぎてるじゃないか。何やってるんだい」

タクワン先生の説教めいた口調に、僕はあわてた。

「いや、あの、どっちかっていうと逆です」

「ん？」

「先生こそ、何やってるんですか？　下から見たら、完全に飛び降りそうな人だったんですよ」

「ああー、なるほどな！」

「なるほどじゃないですよぉ」

控《ひか》えめに突っ込んでみた。

「心配してくれたのか。申し訳ないな。でも、飛び降りる動機がない」

「けど、学校やめるんですよね？」

タクワン先生は、年度末にあたるこの三月末で退職することになっている。自己都合、としか今のところ聞いていなかった。

「先生の授業、楽しかったので残念です」

「あー、今の言葉で自殺を思いとどまったよ〜。じゃないよ！　飛び降りるつもりはなかったんだよ。ちょっとね、想いを馳《は》せてたんだ。そこの百段《ひゃくだん》公園を見つめながらさ」

「僕、息切れしながら必死で階段上ってきちゃった。体力ないんです」

そう言うと、先生は眉《まゆ》をひそめて、僕の顔に人差し指を向けた。それから、

「この程度の階段で息が切れるというのは問題だな。まあ、一階から屋上まで百十二段あるから短くはないけどな」

と続けた。

「もっと長かったと思いますけど」

最初の踊り場まで何段あったっけ、と風景を思い出そうとしていると、先生の眉がぴくりと動いた。

「ん？　先生が適当な段数を言っていると思ったかい？」

「いやぁ、まあ」

「先生は、学校中の階段の数を知っているんだからな。なぜ知ってるのか興味があるだろう？」

「んーと、そう言われてみると気になりますね」

「先生は階段研究家だからだ」

明らかに突っ込んでほしそうなので、期待に応えようとしたら、

「なに、その階段研究家って」

新しい声が響いた。

振り返って、僕は一歩たじろいだ。話したことのない女子。しかも有名人だ。三上瑠衣《みかみるい》さん。卓球のクラブチームに所属してて、全日本選手権にも出場しているらしい。ただ、学校の卓球部には入っていないので、活動の詳細は知らなかった。同じクラスになったことはない。

僕の友人の山本《やまもと》は、三上さんのとがっている顎《あご》が、きつい印象を与えると主張する。目ヂカラも強すぎるそうだ。でも、僕から見たら、間違いなく美人だった。もっとも今は、扉のそばのほのかな照明しかないので、顔は翳《かげ》っている。

「三上さんまでどうした」

「屋上で男二人が言い合ってるから、喧嘩《けんか》してもつれ合って下に落っこちるんじゃないかと思ったんだけど」

ちらっと、僕のほうを見て続ける。

「奥貫くんは喧嘩とかしなさそうだから、それはあり得ないってわかったね」

僕は驚愕《きょうがく》した。三上さんが僕の名前を知っていたことにも驚いたし、体育会系で

上下関係が厳《きび》しそうな世界にいるわりに、先生にタメグチをきくことにも驚いた。

「それは悪かった。夜、屋上にいるとやはりよくないな。今は階段について熱く語り合ってたんだ」

「あ、語り合ってはないです。僕が聞いてただけです」

僕はすかさず訂正した。それには答えず、三上さんは話を戻した。

「で、何なの、階段研究家って」

「階段研究家はな、首都圏《しゅとけん》の階段という階段をめぐり、旅先でも階段を見つけるマニアさ。つまり、私のことだ。階段にまつわるブログを密《ひそ》かにやっていてね。出会った階段はすべて載せてるから、ネット上のごく一部の世界では階段マニアとして知られている。最近だと、仙台《せんだい》に出張に行ったとき、いい階段に巡《めぐ》り合ったな。せつない階段だったけどな」

「せつない階段」

その響きが新鮮《しんせん》すぎて、僕は繰り返した。でも三上さんは、質問したわりに全く興味を持てなかったらしくて、

「帰る」

と、背中を向けた。

「あ、僕もそろそろ」

時計を見ると、もう八時近かった。

「すまない。門まで送るよ」

と、先生もついてきた。そして、ひとりでしんみりしている。

「いやぁ、でも、退職前にいい想い出ができた。私の身を案じて、生徒が二人も屋上まで駆け上がってきてくれた」

扉を開けて屋内に入ると、その暗さは屋上の比ではなかった。さっさと降りていく三上さんは、前世、ネコだったのだろうか。暗がりでもよく目がきくみたいだ。

僕は、手すりを探した。階段をゆっくり下り始める。先生は、ドアを大きな音を立てて閉じ、鍵をかけて、駆け足で追いかけてきた。

先生のさっきのしんみりした発言が、時間差で僕に染《し》み渡っていく。授業の三分の一が雑談で、大学入試には決して出なさそうな細《こま》かい歴史蘊蓄《うんちく》に限って、僕の記憶に残っている。

「階段のブログって何て名前なんですか」

そう聞くと、先生はなぜだか照れ始めた。

「調べる気かい？　いやー、君らに読んでもらうとなると、緊張するな」

「わかった。他の先生の悪口とかいっぱい書いてるんだ」

三上さんがにやっと笑う。

「匿名でやってて、職業が高校教師だってことも明かしてない。いや、高校教師だった、になるんだな。間もなく」

「なんで、先生をやめるの？」

僕が聞けなかったことを、まっすぐ三上さんは聞く。

「まあ、身内にいろいろあってな」

「ふーん」

身内って、先生、離婚してて独身でしたよね、と思うけれど、もちろん口には出さない。

閉まっていた通用門の錠を先生が開けてくれた。

「じゃあ、先生。もう屋上のフェンスにもたれるのはやめてよ」

三上さんが言うと、先生は、

「誤解が生じるような行動を取ったことを遺憾《いかん》に思います」

と、政治家の口調になっておどけて、それから校内へ戻っていった。

「どっちの駅？」

そう三上さんに聞かれて、僕はあわてる必要もないのに早口で、

「元町・中華街駅です」

と、答えた。

この学校は横浜《よこはま》・山手《やまて》の丘の上にあって、最寄り駅は二つある。JR石川町《いしかわちょう》駅と、みなとみらい線の元町・中華街駅だ。この丘を下った元町商店街を右に行くか左に行くか、方向が分かれるので、入学した頃、誰かと下校すると、必ずこの質問が出ていたのだった。

「三上さんは？」

「石川町」

「あ、逆ですね」

それでも、途中までは一緒だ。

通用門の前のなだらかな坂を下りかけるとすぐ、向かい側に元町百段公園がある。さっき、タクワン先生が屋上から見下ろしていた公園だ。レンガ造りの門を入ると、左手にモニュメント、右奥に花壇《かだん》があって、すぐ行き止まりとなる。でも、そこから眼下に夜景が広がるので、実際よりも広い空間に思える。春は桜の花が美しいが、三月初旬の今はまだつぼみすら膨《ふく》らんでいない。

坂の端《はし》からは、長い階段が続く。車はもちろんバイクも通れない。横並びに二人しか歩けないような狭《せま》さで、しかも季節によっては植物のつるが繁茂《はんも》しすぎて、塀《へい》から伸びてきて顔に当たる。

「ねえ、なんで丁寧語なの。わたしってそんなに怖い？」

前を歩いていた三上さんが、くるっと一瞬首を向ける。

「あ、はい。じゃなくて、僕の癖《くせ》です」

「じゃあ、同級生とは必ず敬語でしゃべるんだ」

「いや……そう言われると、そうじゃないかもです。クラスメイトとは普通ですね。三上さんと話すのは初めてで、僕の名前も知らないと思ってたので、さっきびっくりして」

たどたどしく理由を告げると、

「中学のときから、知ってた」

そんな返事が戻ってきて、僕は、三上さんの視線が前方を向いているのをいいことに、目を見開いて、彼女の髪と肩に視線をロックした。

高校一年のとき、ならわかるのだが、中学のときからとは、どういうことだろう。と、声に出さなくても察してくれたようだ。

「友達が水泳やってた」

「ああ、そっか」

わかりやすい説明だった。僕は中学のとき、水泳を頑張っていた。この高校には、テレビドラマの撮影で使われたこともある大きくてカッコいいプールがあって、それに憧《あこが》れて受験した。三年間、部活を頑張るつもりだったのだが、入部二ヶ月でやめた。

「本当はずっと聞いてみたかったんだ」

「え？」

「どうして、やめれたの？　水泳。けっこう速かったたって聞いた」

「うーんと、それは事情があって」

「知ってるよ。知ってるけど、それでやめれるの？」

「あ……うーん、まあ」

「わたしはそう簡単にやめれないな」

「あ、はい」

「怒った？」

「いえ、全然」

「優しいんだね」

「そうじゃなくて……。怒るっていうのがどういうことかよくわからなくて」

「え？」

「人生で一度も怒ったことなくて」

ちょうど階段を下り切った。三上さんが立ち止まって、振り返った。

「そんなことってあり得る？　ちょっとバカなんじゃない？」

心臓がギュッと縮《ちぢ》まる。

「そうかもしれません」

「ちがーう！　そういうリアクション求めたんじゃなくって！　普通、そんなこと言われたら怒るだろ！　ってことを言ってみた」

「ああ……」

「怒った？」

「怒り方がよくわからない……」

「変人なんだね」

「多分、そうです」

代官坂通《だいかんざかどお》りを下っていくと、元町商店街が見えてきた。もっともこの観光名所は意外と夜が早くて、七時を過ぎるとたいていの店がシャッターを下ろしている。

「じゃあね」

「はい、また、学校で」

そう言いながらも、僕は二度と学校で話しかけられることはないだろうなと思っていた。

「バイバイ」

去っていく三上さんを、僕は見送った。

2

知らない人に突然ひっぱたかれるくらいのレベルで、驚いた。

人生で一度も怒ったことがないって、どういうことかな。

わたしの場合、一日が終わって、その日一度も腹が立たなかったことに気づいたら、日記に書き記すかもしれない。

たとえば今日は、さっき練習試合をしていたとき、頭に血が上った。相手が、大差で負けていたのが悔《くや》しかったらしくて、最後、露骨《ろこつ》に投げやりになったからだ。そんなときは、敢《あ》えて強烈なスマッシュではなく、ネット際にぽいと落とすフェイントで、試合を決めて、その選手のイライラを煽《あお》っておいた。

相手の嫌がることをして勝つのがスポーツだとわたしは思う。だから奥貫くんがもし本当に決して怒らない人ならすごいけれど、一方で、アスリートの適性は低い気がする。

中学のとき、友達が「けっこう速くて、ほっそりしてカッコいい人が大会にいたの！　奥貫くんっていうの」とファンになっていたので、もっと違うタイプを想像していた。

他人にかまっている場合ではなかった。

わたしはスマートフォンを確認した。思ったとおり、メッセージが入っている。

今日は練習試合だっけ？　卓球場には来ないの？

紅里《あかり》先輩からだ。ダブルスのパートナー。ちょっと前までは、この人と少しでも長い間いっしょにいたくて、学校の授業が終わった瞬間、教室を飛び出して元町商店街を突っ走り、卓球場に向かっていた。

けれど今のわたしは、敢えてコンビニに立ち寄り、菓子パンを買う。店の外で頬張《ほおば》りながら、返事を送る。

若葉《わかば》高で練習試合やってました。これから顔出します。

うちの高校から徒歩《とほ》五分のところにある私立の女子高の卓球部で、五試合もやった。全部勝った。七時下校と決められていなければ、もっとやってもよかった。へとへとになって、卓球場へ行けないくらいまで。

通りを歩きながら、自分の学校の屋上に人影を見つけて念のためのぞきに行ってみようと思ったのは、義俠心《ぎきょうしん》が五パーセントくらいで、あとは時間をつぶしたかったからだ。

パンはあっという間に、喉を通って消えた。

石川町駅から電車に乗ってもいいのだが、わたしはそのまま次の関内《かんない》駅の方へ歩き、さらに駅を越えて、イセザキモールの入口を過ぎて大岡川《おおおかがわ》へ向かった。この川のほとりに卓球場がある。

伊勢佐木町《いせざきちょう》は、路地裏へ行くと「立小便禁止」などというデカい看板が目についたり、酔《よ》っぱらった人がふらふらしていたりする。だから必ず大きな通りを歩く。

三階建てのビルが、小学三年生のときから通っている場所だ。わたしの第二の家とも言える。一階が練習場になっていて、壁は一面、水色だ。卓球台は五台並んでいて、今は四台使われている。

「遅くなりましたぁ」

実際の気分よりも高めの声を出す。

手前にいるメンバーが何人か、打ち合いを続けながら、

「オィーッス」

「こんにちはー」

と、応じてくれる。

さっきメッセージをくれた紅里先輩は、ラリーの佳境《かきょう》で、真剣に打ち合っている。相手は、高校生男子の猪野《いの》くんだ。

月曜から日曜まで、休みなく卓球場は開いている。朝の十一時から夜の九時まで。練習生は何時に来てもかまわない。試験があるからと、一週間休んだって誰も文句は言わない。だから、わたしが今日、若葉高で練習試合をして遅くなるのも自由なのだ。

普段なら、すぐ二階に駆け上がって更衣室で制服から練習着に着替えるのだが、時計を見ると、微妙な時間だった。八時三十九分。あと二十一分で閉館となる。

田浦《たうら》コーチが、歩いてきた。部屋の奥には練習の合間にくつろげるソファや椅子の置かれた一角があり、本棚には卓球雑誌がずらりと並んでいる。その棚を整理していたようだった。

全日本選手権のダブルスで準優勝したことがある人だ。四十二歳まで現役を続けていた。今は六十二歳。髪の量が多くて黒く染めているので、わたしの父より若く見える。

「よう、練習試合、どうだった」

「はい、普通にやれました」

「じゃあ、もう大丈夫だな。あの日はきっと体調悪かったんだ」

「そうだと思います」

願望を込めて、きっぱり言った。ここのところ、わたしがいろんな学校に出向いては練習試合をやらせてもらっている理由。田浦コーチはわかっている。試合で、もう失敗しないために。二度とあんなことにならないように。

わたしは確証を得たくて、あちこち出歩いている。そして、ここで練習する時間を、なぜだか減らそうとしている。

「よう、今日は全然打ち合えなかったね」

わたしの肩をとんと叩いて、紅里先輩が階段の方へ歩いて行った。

「明日は早めに来ます」

「あ、そうなんだ。わたしは明日、大学のほうで出なきゃいけない懇親会《こんしんかい》があるんだよ」

「そうなんですね」

紅里先輩が大学の話をすると、胃がもたれたときのように、もやもやとする。わかっていて、先輩はわざと言っているのかも、とも思う。

「今、ちょっとだけ打ち合う？」

そう言ってもらえた瞬間、わたしは意地の悪いことを考えていた自分を後悔する。

「じゃあ、はい！　二分で着替えてきます」

二階までの階段を駆け上がり、高速で制服からTシャツとトレパンに着替えて戻った。

「お願いします！」

先輩がサーブを出してくる。返す。さっきまで、コンビニでうだうだパンを食べていただらしなさが、わたしの中から消えていく。

白球をただ追って、返す。この反射的な動きが、雑念を消す。

次の大会ではきっと大丈夫だ。二度と、紅里先輩には迷惑をかけない。今度同じことをやったら、見捨てられてしまう。

3

桜の開花が、今年はいつになく遅い。

おかげで僕は、四月六日の始業式の朝、百段公園に寄って、舞い散る桜を眺めることができた。花びらを一つ二つ手に載せて、ふうーっと吹き飛ばす遊びをひとりでやっていたら、

「何やってんだよ」

と、山本に声をかけられた。

「春を愛《め》でてた」

「おまえがめでたいよ」

「それ、『めで』違いだよ」

「真面目《まじめ》に指摘すんな」

頭をぽかっとやられた。

ふたり連れだって通用門から入ると、げた箱の前に人だかりができているのが見え

た。クラス分けの表が張り出されていた。一学年につき六組もあるから、名前を探すだけで大変だ、と思ったら、一組に僕の名前があった。なんと山本もだ。

「おー、よかったよかった」

と言い合いながら、階段を上る。今まで三階だったが、三年生の教室は四階になる。

「参るよなー、四階はつらい。三年生は一階にしようぜ。一年を上の階にすればいいんだよ。年寄りに階段をどんだけ上らせるのか」

山本がぼやく。写真部に所属している。運動と縁《えん》遠いのは僕と同じだ。

「四階までは、八十四段あるんだよ」

タクワン先生に言われて以来、僕は校内の階段の数をチェックするようになっていた。踊り場まで十四段、折り返して上の階まで十四段だから、基本、十四の倍数になるのだ。

「おまえ、なんでそんな細かいことまで知ってんの？　八十四もあるって聞いたら、おれのふくらはぎ、大ダメージだよ」

教室に入ると、あいうえお順になっていて、僕は窓際の一番後ろの席についた。山本は、通路側の後ろから二番目だ。この順序だと、いつも離れ離れになる。

前の人は初めて同じクラスになる遠藤《えんどう》さん、右隣は一年のときに一緒だった小早川《こばやかわ》くん。「初めまして」とか「久しぶり」の応酬《おうしゅう》が忙しかったせいで、気づくのが遅れた。

ホームルームが始まって、自己紹介のときに、やっと目に入った。三上瑠衣さん。二度と話す機会はないだろうと思っていたけれど、同じクラスになった。山本の斜め前の席だ。自己紹介では、

「三上です。お願いします」

それだけ言って、着席していた。教室がざわっと波立ったのに乗じて、小早川くんがささやいてくる。

「あいつ、ほんととっつきにくくてさぁ。今まで一緒のクラスだったんだけど。女子ともほとんど話さない」

「ふうん」

通路側から始まった自己紹介は、窓際の僕のところへ来るまでずいぶん時間がかかった。面白いことを言うやつ、特技や好きな科目を入れてくるやつ、いろんなタイプを聞くたび、自分の考えてた自己紹介が、霧《きり》になって消えていく。また新しいのを考えて考えて、僕は無駄に緊張していた。結局、

「奥貫広夢です。帰宅部です。おひつじ座のA型っぽいとよく言われますが、さそり座のB型です」

とだけ言って着席し、意外にもみんなに、

「ほぉぉぉ」

と、驚かれた。

休み時間を挟《はさ》んで、大掃除《おおそうじ》が始まる。

お手洗いに行って出てきたら、ちょうど階段を挟んだ向こう側の女子トイレから三上さんが現れた。僕に気づいて、立ち止まった。

「同じクラスになったね」

他に思いつかなくて、つまらないことを言ってしまった。三上さんはこちらを一瞥《いちべつ》する。

「相変わらず、枝豆《えだまめ》みたいな顔してるね」

僕はほっぺたをなでた。

「枝豆……とは」

「怒った？」

「怒らない」

「やっぱダメかー」

また三上さんは、僕が腹を立てるかどうか実験していたらしい。

「そういえば、奥貫くん、あれ見た？」

「あれとは」

「タクワンのブログ」

「え？　タクワン先生の、例の階段のやつ？」

「そう。わたし、速攻で特定したもんねー」

「うわ、僕も見てみたい」

「すげー変なタイトルだった。『階段おじさん』で検索すると出てくるよ」

「階段おじさん」

　メモをしようかと思ったが、する必要がないほどに、脳にべったりと焼き付いた。

「帰ったら、見てみます」

「丁寧語禁止」

　びしっと言われた。

　教室に戻ると、

「なんだよ、あいつとしゃべってたろ。すげーじゃん」

　小早川くんが小突いてきた。


　東急東横線《とうきゅうとうよこせん》の反町《たんまち》駅のホームに降りると、すぐエスカレーターに乗る。そういえば、ホームの反対方向には階段がある。地下四階から地下二階まで行って折り返し、そこから地上一階まで階段は続く。そこそこの段数はありそうだ。僕は常にエスカレーター派なので、何段あるかは知らない。

学校の帰りに、いったん横浜駅で降りて、本屋さんで参考書を一冊選んで、母から頼《たの》まれていた餃子《ギョーザ》を三十個買い、再び電車に乗ったのだった。ニンニクの匂《にお》いが気になるけれど、どうせたった一駅だ。しかも、この時間、上りの普通電車が反町駅に停車しても、降りる人は少ない。僕がエスカレーターの先頭になり、前方に誰もいない、ということもしばしばだ。

そんなとき、僕はこれが、ジェットコースターの出発点のような錯覚《さっかく》に陥《おちい》る。カタカタ、カタカタ、とゆっくり上りきったところから、一気に蛇行し始め、みんなは悲鳴を上げるのだ。

実際には、上りきったところはすぐ改札なのだった。

交通量の多い国道一号線沿いをしばし歩いてから、裏道に入ると、一気に静かになる。たくさん並ぶマンション群の一つに、僕と母の家がある。住み始めて、一年半。行きつけのラーメン屋ができた。あと、フラワーショップにもよく顔を出すけれど、客が多すぎるから、店員さんは僕が常連とはちっとも認知していない。

「ただいま」

エレベーターもあるけれど、ボタンを押してから来るまでに時間がかかるので、階段で上がってしまう。四階や五階ならともかく、二階だし。

電気がついていて、ホッとする。

「ただいま」

鍵を開けて、中に入ると、

「おか～えり～」

と節をつけた返事が来た。母は機嫌がいいようだ。めずらしくエプロンをつけている。化粧《けしょう》っ気がないので、今日は一日家を出なかったのだろう。リビングのソファの上にある毛布が、くしゃくしゃっと置かれている。あそこで昼寝をしていたようだ。まるで病気の犬を観察するように、母の情報を読み取るのは、この家に引っ越してきてからの習慣だ。

「餃子買った、って連絡もらったから嬉しくて、仕事ストップしてサラダ作ってたの」

「へえ、サラダ嬉しいな」

「餃子代、テーブルに置いといた」

「あ、けさもらったので足りたよ」

「また立て替えてもらうかもしれないから、取っといて」

「あ、うん、わかった」

気前がいいのは、お金に困っていないことを意味する。つまり、母はお金が必要なことに手を出していないわけだ。一挙手一投足に、こうやって僕は反応して、ホッと息をつく。

餃子がひときわ美味《おい》しく感じられた。

「この店、タレがいいんだよね、タレが」

と、話も弾《はず》んだ。

食後、母はすぐに立ち上がった。

「ごめん、洗い物いい？ 仕事戻らなきゃ」

ウェブデザイナーをやっていて、いつも締切に追われている。小さいイラストが必要なときは自分でささっと描いてしまう。その絵のセンスは、僕には受け継《つ》がれていない。

「いいけど、根詰めすぎると」

「大丈夫！ もうすぐ納期なんだ。終わったら、プロジェクトメンバーをわたしが案内するの。それを楽しみに頑張る」

「案内ってどこに？」

「みなとみらい線の駅」

「え、だって、みなとみらいの職場に通ってるんだから、みんないまさらじゃないの」

「それがね。彼らはヒストリーを全然知らないの。みなとみらい線の駅は一人ずつ別の建築家が担当して、設計されたの。広い空間を使った競作なのよ。素晴らしいじゃない？ なのに、知らないっていうから、打ち上げの宴会前に案内するの」

僕も知らなかった、というと長くなりそうだから、

「そうなんだ、いいね」

とうなずいた。母自身はデザイナーだけれど、高校時代は建築学科を考えたこともあるそうで、建築家が好きなのだ。

母が去っていったので、僕はリビングのタブレットを立ち上げた。これは、一応共用ということになっているが、実質、僕がほぼ独占している。

さっそく「階段おじさん」を検索してみた。最新の記事が、先生の言っていた「せつない階段」だった。昨年十二月のものだから、更新頻度《ひんど》は高くないようだ。

■せつない階段

仕事で仙台市に出張してきました。会議の後、新幹線までの数時間のあいだ、近場をめぐるツアーが催《もよお》されました。非常に魅力的ではありましたが私は丁重にお断りして、比較的アクセスしやすい場所にある長い階段を訪ねてみることにした次第《しだい》です。

仙台市の中心からバスで15分ほどで着きます。目的地は大年寺《だいねんじ》という古いお寺です。門前まで来るとさっそく壮観でした。後で数えたところ惣門《そうもん》から山頂まで255段でしたが、門の手前にも石段がさらにあるのです。果てしなく上の方までまっすぐに幅

広の石段が続きます。左右には巨木《きょぼく》が枝を大きく伸ばして緑のアーチを作っておりました。杉の木が特に巨大で樹齢数百年はあるのではないでしょうか。

「この付近にクマ出没注意必要」という黄色い看板にドキッとさせられます。鈴でも持ってくるべきだったでしょうか。人が他に誰もいないのです。市街地から少し分け入っただけとは思えない神秘的な空間に思えます。

上る前にこのお寺のことを知ろうと看板を読み、私は衝撃《しょうげき》的な事実を知りました。今、大年寺には霊園を管理する事務所が残っているのみであとはもう何もないようなのです。

その歴史は長く1696年に4代藩主《はんしゅ》伊達綱村《だてつなむら》が伊達家の菩提寺《ぼだいじ》として創建したそうです。僧侶《そうりょ》300人が寝起きする仙台有数の大寺院として栄《さか》えてきました。しかし、明治の神仏分離、廃仏毀釈《はいぶつきしゃく》運動のために衰退し、今は跡地と墓所しかないそうなのです。こんなせつないことがあるでしょうか。かつては多くの僧侶が行き来したであろうこの階段なのに今はその幻《まぼろし》しか残っていないのです。

気を取り直していざ階段を上ります。微妙な幅の石段です。1歩で上るには、歩幅をかなり無理して大きくしなくてはいけない。2歩で上ると、ちょっと「足が余る」という印象です。勢いよく1歩で上って10歩くらいで一息ついて、今度は2歩で、30歩くらい上って一息というペースで進んでいきます。振り返ると、どんどん階段が長く、門が遠く見えるようになってくる。何枚も写真を撮るのですがどうしてなのでしょう。目で見ているよりも、随分《ずいぶん》こぢんまりとした階段に見えてしまいます。本物は圧倒されるような長さなのですが。

山頂は標高120メートルだそうです。余力と時間があったので無尽灯廟《むじんとうびょう》（伊達家墓所）まで足を延ばしてみることにしました。きれいな公園があって、そこでようやく犬を散歩させている男性に出会いました。階段を上り始めてから初めてすれ違った人です。水道施設の奥にテレビ塔、そして墓所がありました。立派なお墓が並んで西日を浴びていました。遠い昔に想いを馳せながら、新幹線に乗ったのでした。

うちの私立の系列校が仙台にもある。きっとそこに行ったのだろうなぁ、その後、退職準備に忙しくて更新していないのだろうなぁ、と「おじさん」の事情を勝手に想像する。

それから、最初の記事に遡《さかのぼ》ってみた。

■出会いの階段

思い立って今日から階段について語るブログを始めます。

私が階段に取り憑《つ》かれたのは職場の近くに長い階段があるからです。毎日上り下りする間に、その階段の由来を知り奥深さを感じるようになったのでした。私は元来が、寺社のたくさんある京都《きょうと》の街中出身ということもあってか人の手によって生まれた建造物に惹《ひ》かれる傾向がある模様です。自然の山々よりも神社仏閣《ぶっかく》、手付かずの海よりも護岸整備《ごがんせいび》された賀茂川《かもがわ》、坂道よりも階段、ということのようであります。

さて初回では、私がブログを始めたきっかけとなった階段についてご紹介いたしましょう。

横浜の元町という観光名所になっている商店街があります。その裏はすぐ丘になっていて、何本も坂道や階段が走っております。中でも有名なのが代官坂といいます。元町からその坂を上ろうとすると、右手前に目立たない階段があります。そこを上っていくと、思ったよりも延々長い階段で驚かれることでしょう。１００段にわずか足りないくらいの段数です。上り切ると、こぢんまりとした広場があります。それが元町百段公園です。百段階段を記念するために、作られた空間なのでした。春は桜が咲き乱れ、眼下に横浜の街並みがはるか遠くまで見渡せるものですから、小さい割に存在感のある公園です。

そうなりますと、今上ってきたのが当然「元町百段階段」なのだろうというふうにお考えになるかと思います。しかし実は、関係ございません。これは、ただの階段です。そう言ってしまうとかわいそうな気もしますが。

　真の「百段階段」は関東大震災の折、崩《くず》れてしまって消滅しました。それ以前は、中華街と元町を結ぶ前田橋《まえだばし》からまっすぐ道があってそのまま百段階段へ続いていたそうです。段数は101段だったと資料にありました。百段階段の崩落《ほうらく》でたくさんの住宅が壊《こわ》れ、階段を再建することはもうありませんでした。だから、そのルートを辿ろうとしても、今は途中で行き止まりになってしまいます。

　その歴史を留め置くために作られたのが元町百段公園で、そこに至《いた》るまでの石段は名もなき階段なのでした。

　今役立つものを踏みしめながら、今無きものを想う。毎日そんなことを考えながら上り下りしております。

　今後ともいい階段に巡り合いましたら更新しますので、どうぞ末永くお願いいたします。


　屋上から百段公園を見下ろしていた先生を思い出す。きっと、このブログに書いたことをいろいろ回想していたのに違いない。そんな人を、飛び降りそうだと思い込んだ自分はまだまだ浅い。

　僕も読んだ、と三上さんに報告しなきゃと思った。

4

あ、広夢だ。

通用門を出たら、すぐ階段を駆け下りてさっさと伊勢佐木町の卓球場に向かうつもりだったが、わたしは足を止めた。

なぜだか広夢が、百段公園の入口の写真パネルを食い入るように見つめている。

「広夢、何してんの」

「あ、三上さん」

広夢は振り返った。

先日までは「奥貫くん」だったけれど、六文字が長すぎる気がして、勝手に呼び方を変えた。いくらガサツなわたしでも、男子を呼び捨てにするときは、相手が気を悪くしないかどうか、関係性を多少は気にする。が、この人に限っては考える必要がないわけだ。怒らないって、自分で言っているのだから。ついでに言うと、SNSのアカウントも電話番号も聞いて、スマホで連絡を取れるようにした。「なんで教えなきゃならないんですか？」みたいなリアクションをわずかに期待していたけれど、もちろんさらっと教えてくれた。

「そっちも、下の名前で呼んでくれないと、なんか先輩後輩みたいじゃん」

「え、僕が瑠衣、って呼び捨てにするの？」

「なんで半笑いになってんのよ。別にいいでしょ」

「せめて瑠衣さんで」

「それで手を打ってやろう。てか、何してんの」

「あ、ほら、こないだ先生のブログ、読んだから。改めて百段階段って気になってきて」

「もしかして階段にすっかりハマった？」

「階段にはハマってないんですけど、先生のブログにはハマったかも」

「ちっとも更新されないじゃん」

「されましたよ、昨日。記事じゃなくてコメント欄《らん》の返信だけど」

「えっ、クソ」

「何がクソですか」

「広夢ごときが、わたしより先に気づいた。怒った？」

「怒りません」

「いいから、帰ろうよ」

「はい」

最初から、一緒に帰ると約束していたみたいに思わず誘ってしまった。なんだろう。ちょっと気に入っている。異性としてではなくて、なんというか、草食系の面白い生きものとして。そういえば顔がちょっと縦に長めだ。馬っぽい……？

「みかみ……瑠衣さんはこれからどこ行くの？」

長い階段をわたしが先に下り始めると、後ろから声が聞こえる。

「もちろん卓球」

「どこでやってるの？」

「社交辞令で言ってる？　ほんとに興味なんかないでしょ」

「いや、知りたい気持ちはあります」

「なんで？」

「なんでだろう……みか……瑠衣さんが謎めいた存在だから？」

それは、わたしに興味があるってこと？　と、さらにからかってもよかったのだけれど、「ある」と言われても困るのでやめた。

「わたしとおんなじ方角に帰るなら、話してもいい」

「あ、石川町駅方面ってこと？　全然いいですよ。どうせ横浜駅で買い物して帰るから」

「ふうん」

「じゃあ、いっそ桜木町《さくらぎちょう》駅の近くまで歩く？」

二つ先の駅の名前を言ってみる。

「え」

「卓球場、伊勢佐木町にあるんだよねえ。そこまで歩いていくの」

「あ、僕、送ってもいいなら、行ってみたい。行きましょう、行きましょう」

わたしは、ずっこけるアクションとして、首をカクッと折ったけれど、ちょうど階段を下り切るところだったので、相手にはまったく伝わらなかった。

どうして僕がそんな遠くまで歩かなきゃならないの？　という反応を当然予想していたけれど、広夢はいちいち言動が新鮮だ。

元町商店街の一本裏手の道を、南西に向かって歩く。交通量の多い大通りに出たところで右折して、西之橋《にしのはし》を渡る。コンビニに付き合ってもらって、パンを買った。

「向こうに行く前に、ちょっとお腹《なか》に入れとくんだ」

食べ始めると、付き合いのいい広夢はドリンクを飲み始める。それが野菜ジュースだったので、笑ってしまった。真の草食動物だ！

再び広い歩道を歩き始める。ちょくちょく信号に引っかかる。自分ひとりのときは、走ったり迂回《うかい》したりして、なるべく止まらないようにしていたけれど、この人を走らせるのもかわいそうだから、おとなしく立ち止まる。

「卓球場、通い始めてもう長いの？」

「そうだね。小学一年生で卓球始めて、センスあるからこっちに通えって勧《すす》めてくる人がいて、三年から通い始めた」

「へえ」

「田浦コーチっていうのが、全日本選手権のダブルスで準優勝したことある人で」

「すごい」

「教え方もうまい」

「そうなんだ」

「親も、そんなに本気なら、って近くに引っ越してね」

「えっ」

「今、野毛《のげ》に住んでるんだけど、鎌倉《かまくら》から移ってきたの」

「すごい！　一流の人って、ほんと情熱が桁《けた》違いだね」

「わたしなんて全然だよ。だいたい、日本代表クラスになる人は、中学から親元離れて、どっか有名中学に入ったりエリートアカデミーに選抜されたり。わたしみたいに、家から通ってる時点で、そこまでじゃないっていうか」

広夢は、もはや返事すら忘れて、目をぱちぱちさせながらこちらを見ている。

「でも、わたしからすれば、親が自分のために家を売って引っ越してきて、ってじゅうぶんプレッシャーなのわかる?」

「それは……はい」

「だから、卓球が好きっていうのはもちろんあるけど、やめれない、後に引けないっていうのがあるんだよね。それで、こないだ聞いたんだ。君は水泳やめれたんだ、って」

「やめられましたね」

信号が変わった。広夢は空を見上げながら歩いた。

「やめられたけど、でも、何かを探したい気持ちはあるんです」

「何か」

「また、熱中できる、ハマれる何か」

「ふうん」

イセザキモールの入口を素通りしてから、大岡川へ向かう。川に沿って少し歩いたところで、立ち止まってビルを指さした。

「ここ」

「立派なビル」

そんなふうにほめられるほどのビルでもないと思うけれど、広夢はそう言ってくれた。

「入ってく？」

言ってから、自分の言葉に驚いた。今まで誰かを勧誘したことなんて一度もない。むしろ、学校の人たちには、わたしの別の世界に関わってほしくなかった。見せたくなかった。

「ハマりたいものがあるなら、卓球どうよ」

「やっ……ええ？」

「おうち、もう落ち着いたんでしょ？」

「はい」

「広夢、ちょっと背は高めだけど、そのくらいの身長の選手、いるよ」

すらりと細長い広夢は、百八十センチ近くありそうだった。断れなさそうな人だから、来るかもしれない。そう思ったら、彼は首を振った。

「ありがたいんですけど、向いてないと思います」

「そう？」

「誰かと直接戦って勝敗を決める競技より、自分と向き合うとか、チームで頑張るとか、そういう方が向いてる気がして」

「ああ、なるほど」

断られたのに、心からうなずいてしまった。たしかにこの人は、目の前の相手を倒す！　というギラギラした状況がきっと苦手だ。

「じゃあね」

「連れてきてもらってありがとう。前に住んでた家、まあまあ近いんですけど、この卓球場のことは全然知らなかった」

「え、前に住んでた家？」

「日ノ出町《ひのでちょう》駅の近くなんです」

京浜《けいひん》急行の駅名を言う。このあたりは、いろんな路線がすれ違い、横浜駅に集結する。

「まだ家は売ってないんだけど、僕らは違うとこに住んでて」

「ふうん」

いくらわたしが無頓着《むとんちゃく》と言っても、そこに切り込むほどデリカシーがないわけではない。同じ学年のみんながそうだろう。広夢の家の事情を知っている。

「じゃあ、わたしたち、引っ越し仲間なんだ」

「そうだね」

「土地勘《かん》あるなら、桜木町駅の方向わかるよね」

手を振ると、広夢はうなずいて、右手を挙《あ》げた。

「任せて。いってらっしゃい」

見送られて、わたしはビルに入った。ここ最近、卓球場に来るまで胃が痛くなったり、足が重くなったりしたのに、広夢のおかげで忘れていた。

□

いよいよ明日が試合だ。

前夜のルーティンはいろいろある。まずユニフォームにアイロンをかける。かけなくても、ほぼ皺《しわ》はできない素材なのだが、それでも低温で丁寧にやる。それから、いつものラケットケースに、試合の願掛け用のストラップをつける。明日は、勝ちたい。どうしても。

大きな大会ではない。去年は出場しなかった、神奈川県だけのウィメンズ大会。ダブルスのみに出ることにしたのは、もうわたしは大丈夫なんだ、と安心したいため。コーチと、紅里先輩を安心させたいため。

先輩も、去年出場しなかった大会に、わたしのためにわざわざ出てくれる。どうしても勝たないと。これをステップにしていかないと。

今年一月の全日本選手権で、突然「発症」した。

紅里先輩とのダブルスの三回戦。試合の終盤、相手にマッチポイントを握られた。とはいえ、たったの一点差。次のラリーをものにすれば、またタイに戻すことができる。サービスはわたしの番だった。どの種類のサーブを打つか、先輩に手でサインを出し、構える。そして気づいた。なぜだか打てない。腕が動かないのだ。ボールを持つ左手も、ラケットを持つ右手も、同時にコントロールできなくなった。

「どうした?」

後ろから紅里先輩のささやく声が聞こえて、わたしは無理やり、手をありったけの力で動かそうとした。すると、ボールではなく、ラケットを投げ飛ばしてしまった。もう一度やり直して、ボールを懸命《けんめい》に投げ上げ、ラケットでいつも通りこするつもりが、球はバウンドすることなく遠くへ飛んでいき、わたしたちは負けた。

普通なら、相手は勝った瞬間に、きゃぁぁ、と喜び合うものだが、当惑気味にこちらを見ながら一礼してきたのが目に映った。

何が起きたのか、わたしはまだよくわかっていなかった。

紅里先輩は、わたしの肩をぽんぽんと無言で叩いて、会場を出て行った。後ろ姿に向かって、すみません、と頭を下げた。

田浦コーチに呼ばれた。銀縁《ぎんぶち》眼鏡をはずして、天井《てんじょう》を見上げてため息をつく。怒られる、と思った瞬間に聞かれた。

「腕、どうかしたのか？」

「たまたまちょっと、多分、攣《つ》っただけです。すみません」

「なるほど」

コーチが深くうなずいてくれたので、それが正解なのだと思った。

「そういうときは、タイムを要求しろ。あ、もう使ってしまってたか」

「はい」

一試合に一度しかタイムは使えない。

もう二度と、そういうことがあってはいけない。ただのラリーの応酬ではなく、ちゃんと試合をしなくてはいけない。ここ最近、わたしがあちこちの学校や卓球クラブへ、道場破りのように練習試合をお願いしているのは、それが理由だった。

そして、あれ以来、一度も同じことは起きていない。わたしは順調にサービスを打ち、圧勝、もしくは辛勝してきた。

だから明日も、大丈夫。

ようやく、思考がポジティブな方向に落ち着くまでに、一時間かかった。

スマホがいいタイミングで着信を知らせてくる。紅里先輩か、卓球場のだれかかと思ったら違った。

広夢だ。

こんばんは。タクワン先生のブログ、更新されていたので一応お知らせします。

なんだよ、この丁寧な文、と思いながら、わたしはさっそく「階段おじさん」のブログを開いた。

■決意の階段

階段好きでありながら今までこの階段を訪れていなかったのは怠慢《たいまん》とも言えるかもしれません。「東京」「階段」で検索すると、すぐにヒットするのです。近くに用があったこともあるのですが、タイミングを逃し、いつかいつか、と思っていたのであります。

重い腰を上げて、なぜこのタイミングで来ることになったのかというと、私は都心を離れる決意をしたからなのでした。母が京都にいて、塾を経営しております。しかし母はひどい転び方をして大腿骨を骨折し、歩くのもままならなくなったのでした。塾にいる大勢の子どもたちや従業員が困ることになります。それで私は母の介護と塾の経営の手伝いをするために京都へ帰ることにした次第です。なお私は独身で（正確には1度結婚)、身軽なのです。元妻も子どもも都心にいるので報告はしましたが、相談したり承諾《しょうだく》を得たりする間柄《あいだがら》ではないのです(子どもは既に成人し、妻は再婚しているので、この話はここで終わります)。

このブログには書いていませんでしたが、私は長年教職にありました。子どもたちの成長を見守り卒業しても彼らが訪ねてきてくれる――それは学校ならではです。塾ではそういう触れ合いも減るでしょう。

突然の決意表明に、教頭先生にお叱《しか》りを受けました。この学校で25年にわたり、お世話になり続けた先生です。いずれ自分の後を継いでくれると思っていた、などともったいないお言葉をいただきました。

それでも新天地へ向かわねばならぬのです。年度末で退職させていただきました。

その後、2週間ほどかけて荷物整理やらいろいろやっている中、この階段を訪ねる時間をなんとかひねり出したのでした。

ご存じでしょうか、お化《ば》け階段。東京都文京区《ぶんきょうく》。最寄り駅は根津《ねづ》駅。物々しい名前の階段が、住宅地に忽然《こつぜん》と現れるそうなのです。

根津駅を出てから大通りを歩き、コンビニの角を曲がって路地へ入りました。ずらっと並ぶ自動販売機を右手に見ながら進みます。

すると、坂道になります。ここは異人坂《いじんざか》と呼ばれているそうです。記念のパネルがあり、読むとその由来がわかります。はるか明治の頃、東京大学で講義をする外国人の先生方が、この坂の上に住んでいたとのことです。

　また、同じ明治の頃、このあたりから土器が出土し、弥生町《やよいちょう》の町名にちなんで、弥生式土器と命名されたそうです。

　そう広くはない場所に、歴史的なエピソードがいくつもある。それが時間のゆらぎを生んで、お化け階段を作り出したのかも、と想像してしまいます。

　道なりに歩くと、看板がありました。「この先、車両通行できません。歩行者は根津神社方向へ通り抜けられます」。いよいよお化け階段が間近です。

　木立のなかの洒落《しゃれ》た建物を見ながら道なりに進むと、現れました。道路がそのまま階段につながっているので、車は通れないわけです。いい感じに年季の入ったコンクリートの階段は、途中で左に折れ、先が見えなくなっています。曲がるとさらに続きます。下ると39段ありました。上ってみると、あれ？　今度は40段。これがお化け階段の名の由来だそうです。昔はもっと薄暗い場所で舗装《ほそう》もされていなくて、雰囲気があったようですが、今は、段差のトリックもすぐ解明してしまいそうな、明るい日差しなので……今後訪れる方のためにすべて語り尽《つ》くすのは自粛《じしゅく》しておきましょう。

　その後、すぐ近くの根津神社にお参《まい》りしました。受験にご利益のある神社と聞いたことがあるので、お参りしながら教え子たちのことを思い出しました。

学校の中心で活躍《かつやく》している優等生たちよりも、輪からはみ出て心配をかけさせた子どもたちのことをなぜかより多く覚えています。20年以上にわたる教師人生に想いを馳せました。

さあ、気になっていた階段も見物することができて、もう心残りはありません。いざ、新天地へ向かうのみです！


先生も再出発か。

明日の大会が終わったら、コメント欄に書き込んでみようかな、と思った。


広い体育館の中は、青やピンクや赤など、華やかな色のユニフォームであふれている。わたしたち田浦卓球場のユニは地味で、紺色がベースだ。でも、袖《そで》のふちに白と赤のラインが入っていて、気に入っていた。

大会は、今日がダブルス、明日がシングルスというスケジュールで行われる。

去年は出場していないけれど、クジの結果なのか、他の大会の結果も加味されているのか、紅里先輩とわたしのダブルスは第2シードになっていた。

一歳年上の紅里先輩と組んで、二年になる。紅里さんは、以前は年上の山岡翠《やまおかみどり》先輩と組んでいたのだが、翠さんが高校を卒業した時点で引退したのだ。卓球は、年齢が高くなってもやれるスポーツなので、このタイミングでなぜやめるのか、と周りが説得したけれど、「違うことをやってみたい」と譲らずに去っていってしまった。失望していた紅里さんだが、ようやく元気を出して、わたしと組んでくれた。

二人ともシェーク攻撃型なので、展開の早い卓球をする。最初の頃はわたしがつないで、紅里先輩が決めるという役割分担だったけれど、今は、わたしもチャンスがあったら行く。

一回戦は、相模原市《さがみはらし》のクラブチーム・SOTCとの対戦だ。初顔合わせ。二人とも三十代から四十代くらいに見える。どのくらい強いかはわからないが、年季の入ったラケットケース一つ見ても、卓球歴は長いようだ。

コンビ歴はこちらのほうが短いかもしれない。でも、だから、どうした。わたしたちは来年、全日本選手権のダブルスベスト8が目標なのだ。

「よし、いつもの通り行こう」

試合は紅里先輩のサービスから始まった。サーブは2球交代だ。1球目はよかったのに、2球目はラリーの末、相手のポイントになった。次は相手のサービスが2球。これもラリーの末に落として、スコアは1—3となった。

こういうことはよくある、と自分に言い聞かせる。ピークは、その日、一番大事な試合のときに持っていけばいいのだ。悪いときは悪いなりに勝てばいい。

わたしのサービスで空気を変えよう。そうだ、絶対大丈夫。

ボールを受け取って、左の手のひらに球を乗せた。投げ上げ、右手のラケットで下横回転を強くかけるつもりが、空振《からぶ》りになった。

「1—4」

審判《しんぱん》の声が容赦《ようしゃ》なくかかる。

「ドンマイ」

後ろから、紅里先輩の声が聞こえる。うん、一試合に一回くらい空振りがあったっておかしくない。次にサービスエースを決めたら帳尻《ちょうじり》は合う。

わたしは今度はすばやくラケットを振り抜いて、球に上横回転をかけようとした。

しかし、右手が動かない。まるで、誰かに後ろから全力で引っ張られているみたいに、腕がいうことをきかない。

「瑠衣？」

紅里先輩の声に、わたしはただ首を横に振った。

違います、たまたまです。次、成功してみせますから。

もう一度構えた。相手も前傾姿勢《ぜんけいしせい》になる。

わたしは打てなかった。

イライラしていた相手の顔が、徐々に心配そうになっていく。

「タイム」

田浦コーチが声をかける。

試合開始時、いなかったはずだ。他にもエントリーしている教え子たちは四組いる。経験の浅い子たちのチームを見に行っていたのに、コーチはいつの間にか戻ってきていた。

「すみません」

それしか言えなかった。紅里先輩と目を合わせられない。

「リラックスして、もう一度やってみろ、な」

「はい」

紅里先輩はささやいてきた。

「こんな大会、別にどうだっていいんだよ。負けたってどうってことないんだから」

参加する以上、そんなわけはない。わたしの緊張をほぐそうとして、先輩まで無理してくれていることに、涙が出そうだった。

怠《なま》けている腕を殴《なぐ》りたかった。

けれど、タイムを終えても、わたしの腕は動かなかった。無理やり球を放り投げて、ラケットに当てることには成功したが、その球は台に触れずに、直接、体育館の壁に向かって飛んで行った。

「棄権します」

田浦コーチが審判にそう伝え、相手二人が目を見開いた。

誰かになぐさめてほしかった。

なぜか広夢の顔が浮かんだ。

5

間接照明の光はやんわりとした明るさで、僕はソファに転がったままうたた寝しかかっていた。

スマホがぶるぶると振動を始めたので、目を覚まして起き上がった。

「もしもしー」

母だと思い込んで着信相手を確認しなかったが、父の声が聞こえた。

「おお、今どうしてる」

「ちょうどいいよ」

僕はソファに座り直した。ちょうどいい、というのは母が近くにいない、ということを意味する。

「お母さんは、今日はみなとみらいで打ち上げ」

「打ち上げ？」

「プロジェクトが無事終わったんだって」

「ふうん」

「お父さんはどうしてるの」

「まあ、四月はあわただしいな。研究室に新しい学生が入ってきたりして。教養の授業でも一年生がまだ受講科目を決めかねてうろうろしてるし」

父は奈良《なら》で大学の先生をやっている。三年前までは東京の大学だったが、いいポストが空いたために移ったのだ。また何年かしたら別の場所に行くのかもしれないが、当分、引っ越しの予定はない。

「来年の受験はどうするんだ？　ふとそれが気になってな。志望の分野や大学は決まったのか」

「うーんと、デジタルコンテンツのことを勉強したいなっていうのはあるけど。まだ具体的には」

「デジタルコンテンツか……」

「お母さんみたいな絵のセンスはないから、ウェブデザイナーではないけど」

しばらく沈黙《ちんもく》が流れた後、父は言った。

「大学は関西に来ないか？」

「え？」

答えに詰まった。これまでも何回か、奈良の自分のところへ来ないか、という誘いはあって、いずれも断ってきた。

「お母さんをひとりにできないから」

「でも、あと一年で執行猶予《しっこうゆうよ》、明けるだろう？」

「うん」

「そこからどうするかはお母さん次第で、おまえが背負うことじゃない」

「うーん」

　この話題になるたびに、上手に説明できない自己嫌悪にかられてしまう。うまく答えられないから、お父さんはあきらめずに何度も話を振ってくるのだ。

「僕がいなくなったら、奥貫家っていうものがなくなっちゃうよ？」

「それはそうなんだが、奥貫家っていうものを存続させるために、おまえがいろんなものをあきらめる必要はないだろう」

「あきらめてはいないけど」

　言ったそばから嘘《うそ》をついてしまったと思う。父に偽《いつわ》りの気持ちを述べたって、すべて見通されているだろうから、意味がないのに。

　高校に入学した直後、母は覚醒剤所持《かくせいざいしょじ》で逮捕《たいほ》された。

　僕は退学を勧告されると思ったけれど、学校側は意外とやさしく見守ってくれた。

ただ、母が勾留《こうりゅう》されて、僕は慣れない家事をやるのに大わらわになったり、弁護士さんと話したり、奈良の父と毎晩電話したりして、水泳どころではなくなった。憧れのプールで部活動できたのは計二回だった。

「お母さんは、僕のために絶対頑張るって言ってたし、今は仕事もすごくたくさんやってるんだよ」

「仕事が途切れなかったのはすごい。職業によっては社会から抹殺《まっさつ》される。たとえば父さんのような教職なら、なおさらな」

母は、みなとみらいに本社のある会社から、年がら年中依頼を受けて仕事をしている。社員ではなく、あくまで外注先としてだが、それがよかったみたいだ。下請《したう》けは名前が表に出ないので、母には社会的な制裁が下らなかった。執行猶予付きの刑が確定すると、母はあちこちにお詫《わ》びの電話を掛けたりメールを送ったりした。その結果、「あ、よかった、執行猶予中も仕事していいんですよね？　今頼みたいことあるんですけど、いいですか？」というようなオーダーが相次ぎ、すぐに忙しくなった。「頑張った方が気が紛《まぎ》れるの。もう二度とバカなことはしないから」と言っていた。

「お父さん、僕は、日本の社会はつまずいた人にやり直しをさせるのがとても下手《へた》だと思ってる。失敗した人をゴミみたいにどこかに片づけたって、焼却処分するわけにはいかないんだよ」

「おっ、広夢にしてはシュールなたとえだ」

「お母さんは、仕事があることと僕がいること、二つが張り合いになってるみたいだ」

「無理しすぎると、反動で――」

「無理しすぎないように、家事は僕もだいぶできるようになったから。よく横浜駅でお惣菜《そうざい》買ってきたりもするし、近くのうまいラーメン屋にいっしょに行くこともあるんだ」

「そうか。でも、大学でどっかに下宿して、友達とうまいラーメン屋に行く選択肢だってあってもいいんじゃないか？」

「あ……」

そういう未来を想像したことはなかった。

「別に、父さんと一緒に奈良で暮らせって言ってるわけじゃない。全国どこでも、好きなところに行って、お母さんに制約されない、やりたいことをやれる生活をそろそろしたらどうだ、って思ってるんだ。関西なら、父さんと気軽に会いやすいってぐらいだな」

「うん……考えてみる」

「またな」

ありがとう、を言うべきだろうが、どうも心からその言葉を口に出せない。迷っているうちに、電話は切れた。

父は、母が逮捕されて以来、声を荒らげない代わりに温かい言葉も決してかけない。母の様子を見に、奈良から戻ってくることもない。僕をむしろ連れ去ろうとしている。母だって、依存症《いぞんしょう》から脱するために全力で頑張って、四六時中仕事しているのに。まだ離婚していないのは、おそらく僕が母のそばにいたがるためだ。親権が父に移ると、僕は自分の意思に反して、奈良に行かなくてはいけなくなるから。

ガチャガチャ、と玄関の方で音がした。

「ただいまー」

母が帰ってきた。お酒を飲んだようで顔色がいい。

普段はゴムで一つに結んでいる髪を、ふんわり下ろしている。家ではお決まりの綿素材の部屋着ではなく、真っ白なワンピースに水色のカーディガンを羽織《はお》っていた。

小学校の授業参観のとき、「おまえのお母さんっておしゃれだよな」と友だちに小突かれて、ついにやにやしてしまったことを思い出した。

「楽しかった？　打ち上げ」

「うん！　その前の、わたしがみなとみらい線を案内するツアーも盛り上がったよ」

「ああ、それぞれの駅が別の建築家だっていう」

「そう。わたしはみなとみらい駅の早川邦彦《はやかわくにひこ》先生が好きなんだけど、みんなは馬車道《ばしゃみち》の内藤廣《ないとうひろし》先生に見惚《みと》れてたね。あの駅は、建築作品って感じだからね」

「ふうん」

たまに途中下車するので知っている。駅の風景を僕は思い出していた。

「そうだ。これ、広夢、いる？　ビンゴゲームで当たっちゃった」

箱を渡されたので開けた。

「腹巻？」

「おっさんの語彙《ごい》だね！」

からからと母は笑う。この声が幼い頃から好きだった。

「スマホや小さいものを収納できるウエストベルト。犬の散歩するときとか良さそうだよ」

「じゃあ、犬の散歩するときに使うよ。って、うち、犬いないじゃん」

僕が突っ込むと、母はひとしきり笑い転げてから、

「じゃあ、わたしが使う。ジョギングしようと思うんだ」

と、箱を回収した。

「いいね、ジョギング」

たまには一緒に走るのもいいかもしれない。反町駅周辺は地下化したが、かつて東急東横線が地上を走っていた頃の線路沿いが、東横フラワー緑道という名前の散歩道

になった。色とりどりの花壇を見ながら走る、母と僕を想像した。

さすがに、今日は仕事をしないらしく、母はリビングでテレビを見始めたので、僕は自分の部屋に戻った。

スマホを起動して、「階段おじさん」を確認する。

「あ」

また更新されていた。

■哀《かな》しみの階段

皆様、ご無沙汰《ぶさた》しております。最近、新規の階段開拓ができていなくて申し訳ありません。生まれ育った自宅に帰ってきています。母が間もなく退院するのでした。

今日は地元のケアマネージャーさんに、母の退院後の受け入れ態勢のことを相談しました。母は、当分車椅子を使う生活になりそうです。本人はリハビリに熱心に取り組んでいるので、じきに杖《つえ》で歩けるようになるのかもしれません。それでも、まったく元通りに戻ることはないと思っておいたほうがいいとお医者さんには釘《くぎ》を刺《さ》されました。

まだ72歳ですが、入院して、大腿骨の手術をした後、ケガとは関係なく肺炎《はいえん》を起こしてしまいました。無事にそれも治《なお》ったのですが、本当はリハビリを一刻も早く始めなければならなかったところが、肺炎回復まで寝たままの状態が続いたので、一気に筋力低下が起きました。

あれ程にたくましく、歩くことの好きだった母が、と呆然《ぼうぜん》とする思いでした。

そもそも、私が階段ブログを始めたのは母の影響があります。（なお母に言わせれば私の影響で階段に嵌《はま》ったとのことです）

私が元町百段公園の話をして以来、母は階段に興味を持つようになり、あちこちめぐっては報告してくれるようになりました。京都は、街中は盆地ですが、山に囲まれているので階段には事欠かないのです。

たとえば有名な鈴虫寺《すずむしでら》は、境内《けいだい》の手前の階段が80段あり、それは極楽《ごくらく》へ至るまでの階段の数と同じだそうです。

階段仲間もできて、なにやら大会にも出場したらしくプログラムを誇らしげに見せられたこともありました。

そんな母が道路から玄関までのたった8段の階段を上れなくなりました。家の1階と2階をつなぐ14段の階段も、大きな障壁《しょうへき》です。母の部屋は2階にあり、それを1階に移したくても、リビング以外の部屋がありません。そのことをケアマネージャーさんに相談したところ、まず屋内の階段に、昇降機《しょうこうき》をつけることを提案されました。

これはすぐに工事ができるということで母の退院までにやっておく予定です。と言いますのも、母に相談すれば「そんなものはいらない。すぐに歩けるようになる」と突っぱねてくることが容易に想像つくものですから。私は母をおぶって1階と2階を行き来することもやぶさかではなかったのですが、ケアマネージャーさん曰《いわ》く、もし私が転倒して2人もろとも落ちたら大変なことになるし、私が外出しているときも母の行動の自由が確保されているほうがよいのだとのこと。まったくその通りで説得されました。階段が途中で折り返していなくて、まっすぐであるため、設置はしやすいとのことです。

ただ、家の外の階段にも昇降機をつけるかは母に相談することになりました。京都人の母はご近所への体裁《ていさい》を気にするので(私が離婚したときも、母は「体裁が悪い」と言いました)、「わたくしは歩きづらくなりました」とご近所に宣伝するような真似《まね》には大反対するかもしれないからです。立てるようになれば、手すりを丈夫なものに替えれば済むかもしれないですし。ただ、階段がタイル張りであることがいまさら気がかりです。雨の日、普通に歩いていても滑《すべ》りそうに思えます。

ケアマネージャーさんがてきぱきと決めてくださって誠にありがたい。なぜなら私は、今回のことがなければ、玄関の前に階段があることすら忘れていましたし、屋内の階段の数も失念していたからです。幼い頃、ほぼ無意識に、目をつぶっていても歩けるくらいさんざん上り下りした場所ですから。

このブログを始めた頃は、階段を上ることはごく当たり前の行動だと思っていましたが、今は健康あってのものなのだと噛《か》みしめています。また落ち着いたら、京都のどこかの階段をご紹介できれば幸いです。


先生のブログにそのうち、コメントを書き込みたいと思いながら、延ばし延ばしにしていた。そろそろ書きたい。でも、少なくとも今日ではないな、と思った。僕のような若造が、簡単にエールを送ってはいけない気がした。

代わりに、瑠衣さん宛てに、メッセージを書いた。


こんばんは。

「階段おじさん」がまた更新されていますよ。先生も大変みたいですね。

では、おやすみなさい。

6

卓球場の二階には、更衣室や事務室のほか、応接室がある。取材が入ったとき、田浦コーチが応対するのはここだ。

五人ほどが座れる部屋で、奥に飾り棚がある。コーチの現役時代のトロフィーや、ここのOBの賞状が並べられている。壁にかかっているカレンダーは、この卓球場オリジナルだ。毎年秋にカメラマンが、練習生を撮影して、十二ヶ月分のデザインを起こすのだった。

普通の応接室と違うのは、コーチが座っている席の後ろに、ホワイトボードがあることくらいだろうか。取材で、何か図解で説明する必要が生じたときなどに使っているらしい。

わたしが立ち入ることは滅多にないのだが、今はコーチと向かい合って座っている。卓球台のそばでは、「えー」とか「違うもん」と軽い口調で話せるけれど、こんな改まった場所だと、コーチが急に偉い人に思えてきて――事実、偉いのだが――伏し目がちになってしまう。

「どうやらイップスのようだね」

「イップス？」

わたしが聞き返すと、コーチはホワイトボードにその四文字を書いた。

「さっき、ダブルスの練習でもサーブが打てなくなっていただろう」

認めたくないけれど、うなずいた。

土曜日は、卓球場に来る練習生が増えるので、ダブルスの練習をやることが多い。先ほどわたしは紅里先輩と組んで、高校生男子二人と練習試合をしていた。試合前の打ち合いのときはなんでもなかったのに、いざ、試合開始となったら、またあの症状が出たのだ。

それを見ていた田浦コーチに呼ばれて、応接室に連れてこられた。紅里先輩たちは、1対2で練習試合を再開した。

「腕が思い通りに動かなくなる。ああいうのを、イップスって言うんだ。聞いたことないかい」

わたしは首を横に振った。知らなかったし、自分はそんな得体のしれないものとは縁がない、と言いたくもあった。

揚《あ》げ物を食べ過ぎたときのように胃のあたりがむかむかしてくる。最初は全日本選手権で打てなくなった。次は、県の大会で打てなくなった。そして今日は、ただの練習試合で打てなくなった。これが何かの「病状」だとするならば、確実に進行している。

「なんでですか」

「プロ野球選手でも、突然、ボールが投げられなくなることがあるんだ」

「理由が完全に解明されているわけじゃないんだが、プレッシャーやミスがきっかけなんだと。そのことを脳が思い出して、極度の緊張で、筋肉が動かなくなるらしい。野球選手だと、手が震えて送球できなくなったり、それでも無理して投げると、とんでもないところにボールを放ってしまってエラーになったり」

「卓球選手だと？」

「卓球では、私は今まで一度も聞いたことがなかった」

「ですよね。わたしも知らないもん」

「全国の知り合いに一斉にメールを送って聞いてみた。そうしたらな、大阪でクラブチームやってる友人が知らせてきた。自分の元教え子の選手が試合で腕が動かなくなって、スポーツ専門医に相談したら、イップスだったらしい」

「その人は、どうしたんですか」

病院に通えばいいのだろうか。何かトレーニングでも？　わたしの場合、鍼治療《はりちりょう》は苦手だ。そういうのが解決策だったら嫌だな、と思う。

「いや……その選手は……」

田浦コーチは、口元に手を当てて、しばらく黙《だま》ってから続けた。

「引退したそうだよ」

「え」

鍼治療でもなんでも、やれることがあるならありがたくやるべきなのだ。事の重大さを遅まきながら理解した。

「それは、あきらめたってこと?」

「あきらめるというか……。どういうふうに克服《こくふく》していくかは野球選手でも人それぞれで、克服できない例もある。そういうことを知って、彼は、卓球のない生活を選択したそうだ。ストレスのかかることさえしなければ、何も日常を侵すものはないんだからな」

「そんな簡単にやめられるなら……」

わたしは、先を続けるのは思いとどまった。その人だって、きっと「簡単に」と決めつけられたら憤慨《ふんがい》するだろうから。

「ただな、一つだけ明らかなのは、無理して身体に負荷をかけたらいけないらしいんだ」

コーチは椅子に座り直し、こちらに目を向ける。敢えてわたしは、飾り棚のほうを見ながら聞いた。

「負荷っていうのは？」

「気合で治るとか、精神的に弱いからだって決めつけて、無理して練習するのはよくない。体が反射的にこわばっているのに、無理やりプレーを続けたら、どこか別の個所に負担がかかって、故障につながりかねない」

「じゃあ、どうすれば」

足を組んで、髪をくしゃっと手でかき乱して、コーチは答えた。

「しばらく、休むか」

「え」

「どのくらい休むかは、君に任せるし、様子見でちょこちょこ台についてもいいのかもしれない。サーブ以外のことが問題ないなら、ラリーをやって体を動かし続けるのは悪くない。ただ、根本的なことを考えないとな」

「はい」

そうだ。どれだけ練習したって、サーブが打てなかったら、試合に出られない。

「じゃあ、とりあえず一週間くらい、休んでみます」

「それは短いだろう」

「じゃあ……一ヶ月？」

コーチは何度も何度もうなずいた。

「休んでる間に、病院に行ってみたいなら、スポーツドクターを紹介する」

「まあ、ちょっと様子を見てから」

自分でも、インターネットで調べてみようと思った。

「私は、君にプレッシャーをかけすぎたかな。期待を露《あら》わにしすぎたんだろうか」

「どっちかっていうと、コーチは、紅里先輩のほうをより推してるじゃん？」

わざとぞんざいに、言ってみた。

自分がこの卓球場の唯一のスター、なんてことはない。この卓球場出身で活躍している人は多い。プロになっている人もいるし、全日本選手権には、ＯＢが何人も登場する。むしろ、わたし程度じゃまだまだ特別扱いもしてもらえない、と思っていたくらいだ。

「じゃあ、紅里先輩に挨拶《あいさつ》して、今日は帰ります」

わたしが休むことで、最も直接的な影響を受けるのは紅里さんだ。ダブルスの練習が当面できなくなる。

「ああ」

土曜日の昼下がり、午後の日差しがまぶしい時間帯に、Ｔシャツ短パン姿から私服に着替えるなんて、記憶を辿ってみても思い出せなかった。いつもいつも、日が暮れるまでここにいた。

階下に行くと、紅里先輩が、

「あ、え？　どっか行くの？」

と近寄ってくる。

「すいません、イップスっていうのになっちゃったらしくて」

「あ……やっぱり」

紅里先輩はイップスを知っていたようだ。

「じゃあ、病院行くの？」

「はい」

行くかわからないが、それがわかりやすいだろうと思って話を合わせた。

「あの、それで、しばらく休みます。ダブルス、すみません」

「いいよいいよ、気にしないでゆっくり休養してよ」

涙が出てきそうになって、わたしはぺこっと頭を下げて、卓球場を飛び出した。


家には徒歩十分ちょっとで帰れるけれど、父は仕事で、母もアルバイトの時間のはずだ。

わたしは桜木町駅から横浜駅で折り返して横須賀《よこすか》線の下り電車に乗った。保土ケ谷《ほどがや》、東戸塚《ひがしとつか》、戸塚。なつかしい駅だ。小学五年生までは、卓球場での練習が終わると、迎えに来たお母さんと一緒に、電車に乗って帰っていた。あの頃、毎日見ていた窓の景色と、ほとんど変わっていない。

席が空いた。座って目を閉じる。イップスのことを誰かに話したい気がして、ふっと広夢が浮かんできて、またかよ、なぜだ自分、と思う。

そういえば、広夢を無視してしまっていた。先生のブログが更新されている、とスマホにメッセージをもらっていたのに。でも、どうせ怒らないんだしいいや、と思う。水泳をさっさとやめちゃえる、淡白な人だし。いや、彼だって本当は簡単にやめたわけじゃないいんだろうな、と考える。いまさらだが。

ただ、やっぱりこの状況を話す相手として、物足りない。喜怒哀楽《きどあいらく》の感情が薄い人は、そういうふうに、軽く見られがちにならないだろうか。損の多い人生ではないだろうか。

ぼんやりしている間に、鎌倉駅に着いて、わたしはホームに降り立った。

春の午後、もう都会に帰る観光客も多くて、上り電車を待つ人たちでにぎわっている。

東口の改札を出て、ロータリーを迂回して東急ストアの前を通り抜けて、下馬《げば》の交差点へ出た。「懐《なつ》かしい」と「知らない」が交互に現れる。知っているお店が少なくなって、新しい飲食店ができていた。このあたりは、店の入れ替わりが激しい。

親は、わたしが三歳のときに、鎌倉へ引っ越してきた。こぢんまりとした一戸建て。都会を離れて海のそばにいたい、という絵に描いたような移住民だ。だから玄関の外にスタンドアップパドルボードを収納する小屋があって、父は休みの日、いつも波の高さと風の強さを気にしながら海岸へ出ていた。サーフィンなら、波が高い方がいいのだろうが、スタンドアップパドルボード初心者の場合は逆に凪《な》いでいる方がいいのだ。

路地に入って歩いていくと、南風がさっと吹いてくる。あの頃は当たり前だと思って、気にも留めなかった海の香りを胸に吸い込んだ。

「あら、まさかと思うけど」

前から来た犬連れの人が、立ち止まってわたしに声をかける。

「あ」

こちらも気づいたが、名前が出てこない。お向かいに住んでいた……有田《ありた》さんだ。あのとき飼っていた犬は、今連れているプードルに似ているけれど、もっと大きかった。ということは、あの犬は死んでしまって、この子は新しく来たのだろうか。聞けない。

「ご無沙汰してます」

「やっぱりそうよねえ。瑠衣ちゃんよね！　三上さんが引っ越しちゃって、本当に寂《さみ》しかったのよ。元気？　どうして今ここにいるの」

「えっと……鎌倉駅に用があって、ついでに前に住んでたところ、歩いてみたいなぁ、って」

「ああ、そうなのね。思い出して、来てくれたのねー。お母さまお元気？」

「はい、おかげさまで」

「卓球、頑張ってる？　瑠衣ちゃんの卓球教室に近いところに住むために、お父さんとお母さん、お引っ越しを決めたって聞いて、わたしたちびっくりしたのよ。でも、将来オリンピックで金メダルを取るような人は、そういうふうにご家族が協力するのねー、ってご近所みんなで話してたのよ」

「いや、まあ、そこまでアレじゃないんですけど」

「でも、全日本選手権に出たって噂《うわさ》聞いたのよ？　すごいわぁ」

卓球の世界は層が厚くて、うちの親のように、子どものために引っ越したり卓球場を家に増設したりする人は少なくない。だから、小学五年生のとき、親が「田浦卓球場に近くて通いやすいところに引っ越そうと思う」と言い出しても、驚かなかった。

「ありがとう」と答えただけだった。卓球場から家までほぼ一時間かかって、子どもなりに時間のロスだと思っていたから。

でも、十代で日本代表入りするようなトップクラスの人は、中学生の頃から親元を離れて、強豪校の寮に入ったり、外国に留学したりするものだ。行き先は中国、もしくはドイツなどのヨーロッパ諸国。わたしにはそんな選択肢はなかったし、万が一あったとしても怖気《おじけ》づいて行かなかっただろう。ただ、小学一年のときに入った鎌倉の体操教室で、「卓球の才能がある」と認められて、田浦卓球場を紹介されて、五年のとき、全日本選手権のホープスの部に出場して……今に至る。

「今、うちのあの家に住んでる人って」

わたしは前方右側の、淡い水色の壁の家を指さした。玄関の外に、ボードは置かれていない。そういえば、父は引っ越しにあたってあのボード、処分したのだろうか。それとも、鎌倉のショップに置かせてもらっているのか。

「ああ、あそこはね。千葉から引っ越してきたご夫婦ね。いい方たちよ。もうお仕事は引退されて、自治会の活動もやってくださってね」

犬が退屈して、有田さんをぐいぐい引っ張っている。

「こら、エッティちゃん、もう行きたいの？　じゃあね。瑠衣ちゃん、卓球、日本一頑張ってね！」

から歩き出した。

有田さんは、リードを持っていないほうの手で、ラケットを振るような動きをして

「ありがとうございます」

家族の協力があって、応援してくれて、とよくチャンピオンになった人が感謝のコメントを述べるけれど、それは自分が応えきれた場合だ。もしももう卓球ができなくなったら、親はせっかくの一戸建てをふいにして、街中のマンション住まいになったのに、すべてが無駄になってしまう。

帰ったら、親にイップスのことをどう言おう。それとも一ヶ月、黙っていようか。うまく復帰できたら余計なことは言わなくて済むのだから。

そのまま路地を通り抜けて、国道134号線を越えて、由比ケ浜《ゆいがはま》に出た。

波が穏《おだ》やかだ。住んでいた頃なら、喜んでじゃぶじゃぶ波打ち際で遊んだだろう。けれど今はよそよそしく見えた。「横浜の街中から来たなら、靴を濡《ぬ》らしてはいけないでしょう？　入るのはやめておいたらどうかしら」とたしなめられているようだな。

わたしは流木を見つけて腰を下ろした。「階段おじさん」を開いて、最新の記事に目を通したけれど、ちっとも頭に入ってこなかった。

7

今年の五月は、連日気温が高い。

もう真夏なのかと勘違いしてしまいそうだ。

ゴールデンウィークが明けてから、週末は図書館の学習室に通うことにした。地下にある一室で、みんながテキストのページをめくる音しか聞こえない、静かな空間だ。

正午まで頑張って、問題集と向き合ってから、僕は撤収《てっしゅう》した。

日ノ出町駅周辺で何か昼飯を食べるのが先か、トランクルームに寄るのが先か、迷いながらだらだら坂を下りていくと、

「よう」

後ろから声をかけられて、振り返った。

「あ、瑠衣さん」

お元気でしたか、と付け足しそうになるほど、話すのは久しぶりだった。教室でも席が離れているため、言葉を交わす機会がなかった。

「卓球の練習の帰り？」

そう聞くと、瑠衣さんは耳をふさぐふりをした。

「あー、卓球。その言葉、今聞きたくない」

「あ、すみません」

「今、サボってんの。しばらくサボってんの。そっちは」

「図書館帰りで、これからトランクルームに寄って、昼飯食おうかなって」

「トランクルーム？」

「日ノ出町の近くに親が借りてて。前に住んでたとこのもの、いろいろ入れてて」

「トランクルームって行ったことない。ついてってもいい？」

「あ、もちろん。でも、ただの倉庫ですよ？　つまんないですよ？」

「いいからいいから」

場所を知らないのに、僕より前を歩いていくところが瑠衣さんらしい。二の腕が少し痩《や》せたかなと思う。もちろん口には出さない。

「こっちです」

駅の手前で、僕は右手の路地を指した。少し歩くと、四階建てのビルがあって、その三階にうちのトランクルームがある。

「へえ、入口が厳重だね。セキュリティ会社のマークもある」

「階段でもいいですか？　エレベーター狭くって」

本当は、狭いエレベーターに二人きりというのはドキドキしてしまいそうだったからだ。何その心臓、と瑠衣さんにどやされそうだが。

「いいよ。あ、階段といえば、『階段おじさん』更新されなくなったね」

「家の階段のこと、書いてるのが最後ですよねー」

話している間に、三四号室に着いた。同じフロアに、他のお客さんはいなかった。

「父が、社会学の本を取り出して送ってほしいって」

説明しながら鍵を開けて中に入ると、瑠衣さんは廊下をうろうろしたり、この部屋をのぞき込んだりしている。

「お父さんは一緒に住んでないってこと？」

「あ、あった！」

本を引っ張り出して、持ってきたエコバッグに入れる。

「今は奈良で大学の先生やってるんです。大学って転勤ないから、多分ずっといるのかな。もう四年になる……と思う」

指を折って確認した。

「でも、いつかは戻ってくるつもりみたいで。だから、前に住んでた家、売らないで人に貸してるんです」

トランクルームを出てロックをかける。瑠衣さんが先に階段を下りていく。

「四年ってことはさぁ、広夢、ひとりでいろいろ大変だったんじゃん。お父さん、任せっきりでひどいよ」

母が覚醒剤に手を染めてから、とはっきり言わない瑠衣さんは優しい。

「父は、関西に来て一緒に住めば、って言ってたんですけど、僕が残りたかったっていうか。母にはきっと僕が必要だと思って。役に立てたら、家族も元通りになれると思うし」

定年を待たず、父が首都圏の大学でポストを得て、奈良から戻ってきてくれたらいいのに、と密かに願っている。

トランクルームの外に出ると、大通りの車の音がうるさくなる。

「あそこです。前に住んでたとこ」

僕は前方のマンションを指さした。

「駅から徒歩二分？　三分？　超便利」

「そうなんですよ」

楽しい想い出がたくさんあったはずなのに、警察が家宅捜索に来た日のことばかりが、頭に残っている。僕にとっては人生で初めてのことで、呆然と目を見開くしかなかったけれど、警察の人たちは慣れていて、何か怪しいものが見つかった！　と色めき立つわけでもなく、淡々とたくさんのものを段ボールに入れて、運んで行った。家具や電化製品や食器などは、そのまま残されたのに、記憶のなかの部屋はがらーんと何もなくなっていた。電話だけが浮き上がってくるように見えたのは覚えている。僕は我に返ってそれに飛びつき、奈良の父にかけたのだった。

「今、反町だっけ。微妙な距離《きょり》の引っ越しだね」

瑠衣さんの声で、ふっと現実に戻る。

「このあたりは、瑠衣さんならわかると思うけど、治安が微妙にアレで……。売人《ばいにん》とかもいるらしいんです」

「そうなんだ」

「だから、引っ越すっていうのは、僕が裁判長に宣言したことなんです。それで執行猶予をつけてもらったと思ってるから」

「なんかさー、広夢って、のんきな雰囲気なのに、経験値高いよね」

「え、そうですか？」

大通りまで出て、駅に向かう。

どこかでお昼を食べようということになった。道の向かい側にあるラーメン屋さんが目についた。

「あそこ、気になるなぁ」

言ってから、女子との初めてのランチでラーメンなんて、何とセンスのないことだと我ながら恥ずかしくなった。別の店を探そうと首を動かしかけると、

「いいよ。ラーメン屋さんって、実は入ったことあんまりないかも」

「そうなの？」

「食生活、うちの親もコーチもけっこううるさかったから」

「あっ、そうだよね。ごめん」

「でも、もういいんだ。逆に行きたいんだ」

それはどういう意味でしょう、と問いかけてもいいのかどうか考えていたとき、信号が青になり、大勢の人がいっせいに横断歩道を渡り始めた。

僕と瑠衣さんも並んで歩く。向こうからも人が歩いてきてすれ違う。

え？

振り返った。二メートルほど離れたところを駅に向かって歩いて行った女性。母の輪郭《りんかく》に似て見えた。ベージュのパンツに、白いトップス。淡いピンクのガーゼマフラーを首元に巻いている。つばの広いベージュのキャペリンハットを被《かぶ》っているから、顔は見えなかった。

とっさの行動だった。僕は駆け戻って、その人の前に回り込んだ。相手が立ち止まった。

「え？　広夢？」

やはり母だった。

「そのマフラー、見たことあったから、お母さんだと思って」

「ああ、そう」

「どうしてこんなところにいるの？」

そう聞くと母は黙って、点滅している信号を指さした。

「こっち、戻ろう。僕、連れがいるんだ」

ラーメン屋側の歩道に、僕は母を連れて行った。ちらっと瑠衣さんの方を見ると、店の前の看板でメニューを吟味《ぎんみ》しているようだ。

「お母さん、なんでここに来てたの」

「うん、近藤《こんどう》くん、覚えてるでしょ」

僕と同じ中学に通っていた同級生。この交差点のそばのマンションに住んでいる。別々の高校に進学したから、会わなくなった。

「うん」

「近藤くんのママにお誘いいただいて、猫を見てきたの」

「猫？」

「新しい猫ちゃんを飼い始めたから、見に来てって言われて」

「へえ、でも、午前中ってお母さん、いっつも寝てる時間なのに」

「そりゃあ、わたしひとりならね。奥様方が何人も来てたから、朝の茶話会《さわかい》。ランチ出るかなって思ったら、出なかったから、お腹すいちゃった」

よかった。別の理由で、この街をうろうろしていたのではないかと、僕は疑っていたことを申し訳なく思った。

「僕らはこれからラーメン食べるけど」

「僕ら？」

瑠衣さんがこちらを見ている。僕の視線をたどって、母は気づいて、頭を下げた。

「あ、もしかして学校の同級生？」

「そう。三上瑠衣さん。僕、午前中に図書館にいて、出てきたらたまたま会ったんだ」

トランクルームの件は割愛《かつあい》した。

「まあ、お会いできて嬉《うれ》しい。広夢の母です」

母はにこやかに頭を下げた。誰と会っても、みんな母のことは「感じがいい」「話しやすい」と言ってくれる。それが僕の自慢だった。そういう人だから、あんなことがあっても、仕事が途絶えないのだと思う。

瑠衣さんは、対照的に不器用な人だ。教室での自己紹介がぶっきらぼうだったみたいに。

ぺこっと頭を下げて、

「わたしたちこれからラーメン食べるんですけど、食べますか」

とだけ言った。

「いえいえいえ、わたしなんかがいたら邪魔《じゃま》だから」

「お昼はもう食べたんですか」

「食べてなーい。でも、ほら、邪魔だから。あっちのラーメン屋さんか、あっちの喫《きっ》茶店《さてん》に行くね」

両手を振りながら固辞《こじ》する母に、瑠衣さんは笑ってしまっている。

「あっちのラーメン屋さんに行くなら、このラーメン屋さんでいいじゃないですか」

「でもー」

「入りましょう。わたしも初めてなんです」

僕などいない素振《そぶ》りで、母の背中を押す瑠衣さんが面白かった。

そういえば、同じクラスの山本とか、仲のいいやつにも、母を紹介したことはない。

あの事件があってから、母は一度も学校へ足を運んだことはなかった。

母は薬物にまみれたモンスターじゃない。普通の感じのいいお母さんなんだ、ということを瑠衣さんに知ってもらえた。

遅れて店に入ったら、もう二人は四人掛けの席に落ち着いていた。

「僕は王道の味噌《みそ》ラーメンにしようかな」

母の隣か瑠衣さんの隣か迷って、僕は思い切って、瑠衣さんの隣に座らせてもらった。

8

もともと重い入口の扉だけれど、ひときわ重く感じる。開けた瞬間、球をコンコンと打ち合う音が聞こえてくる。やっぱりこの響きが好きだ、と思う。

田浦卓球場に来るのは、一ヶ月ぶりだった。こんなに長くラケットを持たないのは卓球を始めてから初のことだ。夢の中に何度も試合や練習の風景が現れた。

「おう、来たか」

予告せず突然現れたのに、田浦コーチは大して驚かなかった。この人はいつもこうだ。扉のすぐ近くの壁に、「来るもの拒まず、去る者追わず」というコーチ直筆のプレートが飾られているのだが、まさにそれを地で行く人だった。

「久しぶりに練習しようと思うんです」

「そうか。よさそうか？」

「わかんないけど、昨日、スポーツドクターに会って」

「ああ、伊勢《いせ》先生な」

「はい。そうしたら、今までうまくいかなかった試合は、何か共通点があって、同じ引き金がある可能性があるかもしれないから、考えてみたら、って言われて」

「なるほど」

「それ、ダブルスだな、って思って」

「ああ、どっちもダブルスの試合だったか」

「なら、シングルスは大丈夫かもしれないって、試してみようと思って」

「それならちょうどよかった」

「ん？　何が」

コーチは、振り返って一番奥の卓球台を指さした。

一つ手前の台で、紅里先輩が誰か知らない女性といっしょにダブルスを組んで、サブコーチの高島《たかしま》さんと打ち合っている。

わたしの体は熱くなった。実際、もし体温計を使っていたら、三十六度台の平熱が、数秒間で一気に三十七度を超えたかもしれない。

「あれは？」

指先が震えていることに気づかれないよう、わたしはバッグの肩紐《かたひも》をしっかり両手でつかんだ。

「紅里と同じ大学の尾津《おづ》さんという人だそうだ。君の復帰に時間がかかりそうだから、次の大会は二人で出てみるらしいぞ。君はシングルスに専念するんだったら、問題ないな？」

「問題ない……です」

いつだって、紅里先輩に見捨てられないように、ということばかり考えていた。こんなにブランクがあったら、見切りをつけられたっておかしくはない。

でも、パートナーになんの打診もない、というのはひどすぎないか？

お笑い芸人のコンビでいえば、相方が一ヶ月休んだだけで、別の相方をさっさと見つけるなんて、非常識ではないか。

でも、そんな怒《いか》りを直接ぶつける勇気はなくて、わたしの内側に溜《た》まっていく。じっと見ていたら、紅里先輩と目が合った。

「おーい」

先輩が手招きしている。わたしは急ごしらえの笑《え》みがぎこちなくないように、努力しながら近づいた。

「お久しぶりですー」

「どうしてた？　元気？」

紅里先輩の口調はいつもと変わりなかった。気まずい空気にしてやろう、と思った。

「はい。こちらの方は？」

わたしは尾津さんのほうを見た。ベリーショートの髪型が、頭の形をカッコよく見せている。

「尾津美登《みと》先輩。同じ大学の一年上でね。すっごくパワフルな卓球をなさるんだ」

ん？　と、わたしは紅里さんの顔を二度見した。「なさる」なんて丁寧な言葉を誰かに使っているのを見たことがなかった。

「あ、尾津先輩、この子はここで長く一緒に練習してる瑠衣です」

ダブルスのパートナーなんです、とは、紅里先輩は言わなかった。

尾津さんは、わたしを一瞥してから、室内を見渡す。

「ここ、なかなかいいスクールだよね。天井高いし。今日が二度目だけど、これからも時々通おうかなって。家は都内だから近くはないんだけどね」

二度目って、初めてじゃないのかよ、と思うけれど、尾津さんにはそんなツッコミを許さない雰囲気がある。相当強い選手なのかもしれない。

「紅里先輩とのダブルスは、合いそうですか？」

ずばりと聞いてやった。

「うーん、そうだね。ありかなって思ってる。去年まで先輩とダブルス組んでたんだけど、社会人になっちゃったからね。毎日会える感じでもなくなったし。わたしも教わるばっかりじゃなくて、そろそろ下の子に還元《かんげん》していかないと、って思って」

どのくらいの戦績《せんせき》なのだろう。全日本でけっこう上位に入るくらいの人なのだろうか。

人間にも段差がある。わたしから見ると、紅里先輩は、ダブルスを組ませていただくのが光栄な憧れの先輩で、威圧感があって、思うことを言えない。そんな紅里先輩が仰《あお》ぎ見ているのが尾津先輩で、この人の前にいたら、わたしなんか吹っ飛んでしまう。

「じゃあ、着替えてきます」

「お、練習するの？」

「状態を見ようかなって」

「よくなってるといいよね」

そう言った紅里先輩にぺこっと頭を下げて、わたしは二階へ急いだ。着替えて、軽く準備運動をしてから一階のフロアに戻ると、田浦コーチがラケットを持っていた。

「よし、やろう。あそこで」

紅里先輩と尾津先輩がやっているコートの隣が空いていた。コーチにいつも甘えているとはいえ、こういうとき、わたしのほうが走って奥のほうへ行くのだ、という程度の常識は持ち合わせていた。

その結果、先輩たちのダブルスの真横で、わたしは田浦コーチと打ち合うことになった。先輩たちと高島コーチは、二対一で練習試合を始めたようだ。集中しよう。自分に言い聞かせる。これからシングルスで頑張る。その第一歩となるのだ。

ボールはコーチが持っていた。シェイクハンドのラケットを振って、上回転のごく普通のサーブを打ってきた。カツンと打ち返す。いい音だな、と思う。ラケット越しに、球の重みを感じるとき、本当に卓球が好きなのだと感じる。一ヶ月ぶりで、懐かしすぎる。

そんな考え事をしていたせいか、わたしは思いきり空振りしてしまって、ラリーは途切れた。

「すいません」

壁際に転がった球を拾いに行って、走って戻る。

今度はわたしのサーブだ。ごくっと唾《つば》を飲み込もうとしたけれど、口が乾いていて、唾液《だえき》が足りなかった。

左手で球を上げる。右手のラケットを上から下にこすり、下回転のサーブを出すつもりが、まるで肘《ひじ》を後ろから引っ張られたかのように、腕がうまく動かなかった。

「なんで？　あ、もう一回やります」

バウンドした球をつかんで、もう一度サーブの構えに入る。今度は上回転にしてみような本格的なサーブじゃなくて、温泉卓球をやるときに、最初に打つようなラフな球を――。

気が付くと、ボールはまたわたしの足元に転がっていた。コーチが近寄ってくる。

わたしは首を横に振った。

「まだ。まだウォーミングアップ中だから」

「無理すると、筋肉によくないんだ」

「でも、シングルスなら平気なはずで」

「シングルスもダブルスも同じ卓球だ」

力が抜けた。そして、体の右側から視線を感じた。紅里先輩が見ている。尾津さんも。

イップスはちっとも治ってなかったことを、コーチだけではない、紅里さんにまで証明してしまった。

さっき、彼女が勝手に新しいパートナーを連れてきたことに対して、苦情を伝えなくてよかった。わたしにはその権利がないのだ。

コーチに背中を押されながら階段を上った。

「応接室で話そう」

そう言われたけれど、わたしは首を横に振った。イップスについて、いまさら説明をうけるのは嫌だし、なぐさめの言葉を聞くのも嫌だ。

　一ヶ月たっても、何も変わっていないどころか、さらに悪くなっている。

「やめます」

　わたしは顔を両手で押さえながら言った。涙が勝手にあふれてくる。

「やめるって」

「卓球、やめます」

「無理して言ってるだろう。またもう少し休めばいいじゃないか」

「いつまで休めばいいんですか。一ヶ月たってもダメってことは、一年たってもきっとダメじゃないですか！」

　怒鳴《どな》ってしまったのに、コーチは怒らずに、背中をぽんぽんと叩いてくれた。なかなか寝付けない子どもを相手にしているみたいに。

「ロッカーはそのままにして、もう少し休めばいい。本当に嫌になったら、止めないから。でもまだそうじゃないだろう？」

　コーチがさっさと一階に戻ってくれたらいいのにと思った。耳を塞《ふさ》いでしゃがみたかった。

階段おじさんのブログが更新されてますよ。

こんなときも呑気《のんき》に、広夢からメッセージが届く。無視したい。ベッドに寝転がりながら、それでもわたしはブログを開いた。広夢には、というか正確には広夢のお母さんには、この間ラーメンをごちそうになってしまったので、多少の負い目を感じている。

■無限の階段

こんにちは。

前回は愚痴のようなことを書いて申し訳ありませんでした。母は無事に退院し、その行動力と前向きな姿勢に、完全に圧倒されております。

私が設置した屋内の昇降機を即座に使いこなし、屋外にもすぐに設置せよとの事でした。母曰く、行動の制約があるなら、何の力を借りてでも最大限動けるところまで動くのだそうです。退院時に私があれこれ心配していたら「あんた、辛気臭《しんきくさ》いわ」と言われました。18歳で家を離れて以来、29年ぶりに母と同居する私は、そういえばこういう人だったっけと当惑しております。

　そして母は、趣味の階段上りが当分できない分、私に「代わりに上って来い」と言い出す始末で、苦笑いしかありません。マザコンと言われるかもしれませんが、結局言いなりで、京都で1番手強《てごわ》い階段を本日訪れた次第です。

　ご存知、伏見稲荷大社《ふしみいなりたいしゃ》であります。

　京都出身の人には共感してもらえるかもしれませんが、京都人は地元、京都の観光名所を案外知らないものです。神社仏閣はいつでもそこにあるもので、わざわざ目指すことはなかなかありません。それで、伏見稲荷も初めて訪れたのでした。

　外国人客が多いことに驚きました。それもそのはず、入場料をまったく取らないのですね。喜ばれるはずです。

　創建1300年を誇るこの神社は、稲荷山全体が御神体《ごしんたい》となるので広大な敷地です。そこに階段が張り巡らされている、というと言い方はおかしいかもしれませんが、山頂を目指す階段がぐるりと一周している他、あちこちに小さな社があって立ち寄る階段が別途あるので、全てを足せばいったい何段になるのでしょうか。一般的には、山頂にあたる一ノ峰まで1300段程度と言われているようですが……数えてみようかと野心が湧き起こりましたが、いざ歩いていると、途中に激しい上り階段、続いて下り階段、また上り……と、アップダウンが激しく息を整えるのに夢中で、それどころではなくなりました。

よく知られている千本鳥居は、比較的入口付近にあります。ですからその辺りまで行って折り返したり、三ツ辻《みつつじ》という「三叉路《さんさろ》」で戻れば、大した疲労感を覚えることはありません。しかし実は、そこから先が本当の階段と言っても過言ではないのです。三ツ辻から階段をかなり上った四ツ辻。こちらが起点になり、山頂の一ノ峰を目指します。

山の奥へ行くに従って人が減ってきて、時間帯がちょうど夕刻に差し掛かる頃だったので、稲荷山だけに、それこそ狐《きつね》でも出てきて化《ば》かされるのではないかと、そんな想像をしてしまうほどに不思議な空間でした。何しろ突然スマホの電波が一時的に届かなくなることもあるのです。狐のしわざとしか思えなくなります。

奥へ行ってもたくさんの鳥居が並んでいるのですが、建て替え中なのかあちこちに鳥居の柱を抜いた後の穴がそのままになっています。落とし穴のようです。落ちて動けなくなったら、救急隊はここまで来てくれるのでしょうか。自己責任という言葉が頭をよぎります。

歪《いびつ》な階段を上り下りして、途中、力尽きかけて休んでいると、欧米《おうべい》からの観光客らしき人たちがぱっぱと抜かしていきます。男性も女性もタフですね。

私の方は写真を撮ったり、道端のカマキリを見つめたり、時間を取りながら、そしてせっかく上った階段から、また谷底のようなところへ階段を下りていく……そんな状況を、途方に暮れつつ楽しんでいました。

つまりこれが人生そのものなのですね。上りっぱなしで頂上に着いて、そこから下りっぱなしならわかりやすいのです。でもそうではない。また下ると分かっていて上る、その代わりにまた上ると知っていて下る。つらいけれど救われることでもあるのかもしれません。

なお、私は社会科教師だったのですが体育科と間違えられるほどに筋肉質で、実際、ハードに階段を上り下りしても滅多に筋肉痛になどならないのですが、翌朝、驚きました。なんと、舌が痛いのです。どうも、階段を下りる際、歯が舌にわずかに擦《こす》れることが何百回も続き、痛みにつながったようです。

皆さま、伏見稲荷大社の長い階段に行かれる際は、どうぞ舌にご注意ください。

舌に注意しろ……うっかり笑ってしまった自分が悔しい。このまま画面を閉じる気になれなかった。

わたしはアカウントを作成した。「紫《むらさき》リンゴ」でどうだ。好きな果物がリンゴで、スマホケースが紫だからなのだが、先生は教え子とは気づかないだろう。

コメント欄に初めて書き込む。

また上ると知っていて下る、とは限らないんじゃないでしょうか？　例えば人生18歳がピークで、そこから下りっぱなしということだってあるのではないでしょうか？

その後、すぐお風呂に入った。湯船の中で、何も情報を出さないつもりが十八歳と書いてしまったことに気づいた。出てからすぐ、スマホにアクセスする。

もう返事が来ていた。

「ヒマなんかい」

画面に向かって突っ込む。

紫リンゴさん。何か悩みがあるのですね。どちらにお住まいかわかりませんが、もし首都圏でしたら、よかったら気晴らしに、鎌倉の成就院《じょうじゅいん》に行かれてみてはどうでしょうか？　こちらの階段は１０８段あり、煩悩《ぼんのう》の数と同じということで知られています。階段からは鎌倉の海を見ることができて、少しは元気が出るかもしれません。

わたしの悩みを何も伝えていないから、当然と言えば当然なのだが「煩悩」という無神経《むしんけい》なコメントに腹が立つ。

スマホのせいではないのだが、電源をオフにした。

先生のことなど考えている場合ではないのだ。

どうしよう。これから。

親への説明も、どうしよう。


日曜日の夜は、父の気まぐれで外食になることがある。この日もそうだった。野毛に、韓国《かんこく》の鍋の美味しい店があって、三人で食べに行くことになった。冬は予約が取りづらいが、初夏の今は当日でも席が取れたそうだ。

日が暮れるころに出かけて、畳《たたみ》の部屋に案内された。

親が「今日はどうして卓球場に行かなかったんだ」と問いかけてくる前に、わたしは切り出した。

「イップスなんだって、わたし」

父はビールを飲んで、こちらを見て首をかしげ、母はメニューに目を落としながら答える。

「イップスねえ」

ああ、なるほど、とわたしは悟った。きっと田浦コーチから既に連絡があったのだ。うちは、両親が卓球経験者ではないので、コーチと連絡は取り合っていないと思い込んでいた。

「原因がわからないんだけど、サーブが打てない」

「根《こん》を詰《つ》めすぎてきたのかもしれないな」

つまみを口に運びながら、父が言う。

「だって、根を詰めるために引っ越したわけだしさ」

引っ越しまでして応援してもらったのに、できなくなって申し訳ない、と素直に言えない。

「引っ越しのこと、気にしてるなら、それこそ気にしなくていいのに。お母さん、徒歩圏内でお仕事見つかって、夢みたい」今の家の立地、最高よ」

母は平日、スポーツクラブの受付事務をやっている。

「父さんも、通勤が三十分以上短くなったからな。海は、鎌倉にスタンドアップパドルボード置かせてもらってるから、今までよりむしろ気軽に行けるしな」

父の言葉に、母が笑みを浮かべる。

「ボード、海まで運ぶの大変って言ってたよね」

「そうそう。家は買った値段とほぼ同額で売れたから、借金ができたわけでもないし。

要するに、なんか負い目を感じてるなら、気にするなってことだ。卓球、瑠衣はどうしたいんだ」

家の売買のことは、くわしくは知らないけれど、九年住んだ家が、都合よく同額で売れるなんてことがあるだろうか。

まるでシナリオをあらかじめ二人が作り上げていたような、そんな気さえする。娘に無神経なことを言わないように、ストレスをかけないように。そういう気遣いを、面倒くさいと思ってしまう自分がいる。

おまえのために引っ越したのに、卓球やれないってどういうことだ、と居丈高《いたけだか》に怒ってくれたほうが、こちらも逆ギレできるのに。

「うーん……と」

しばらく卓球を休もうと思っている。そう言おうと思ったのに、口は勝手なことを言い出した。

「やめようかと思ってる」

二人は黙ったまま目を見合わせている。

「受験がまずくなるんだけどね」

わたしは付け足した。紅里先輩と同じ女子大を受けるつもりだった。そこには特別推薦《すいせん》枠があって、卓球の実績で入れるのだ。高校の頃の紅里先輩より、昨年度のわたしの戦績のほうがいいから楽勝、のはずだった。

「受験は、まあ、あと一年あるから、ゆっくり考えればいいじゃないか」

優しい言葉に、うっかり涙でも出たら困ると思って、ささやかに反発する。

「一年もないよ」

「卓球でずいぶん時間を取られてきたのに、赤点も取らずに勉強もやってこられたんだから。時間が増えるわけでしょ?」

店員が鍋を運んできた。母が、わたしの肩を黙ったまま、なでるように触って、この会話は終わりになった。

「本場の鍋って違うのかなぁ、いつか韓国も行ってみたいね」

わたしはやたらはしゃいだ。体脂肪のことを考えて、これまでは避《さ》けていたデザートまで、思い切り食べ尽くした。

9

小学生の頃を思い出す。四年生のときだった。僕は、仲間に誘われて「探偵」になった。

担任の先生がデートするかも、と聞きつけてきた友達が、跡をつけようと言いだしたのだ。先生が学校を出る夕方、僕らは追いかけた。で、結論から言えば、バレた。

僕がくしゃみをしてしまったせいだ。みんなに怒られる、と思って全力でこらえたら、「ハクブ――!」と発声してしまい、それから一週間は友人たちにハクブーと呼ばれた。

なぜそんなことを思い出しているのかといえば、探偵になるのはその日以来だからだ。

僕は自分のマンションの斜め向かいにあるビルの階段に潜《ひそ》んでいた。ここは、いくつかお店が入っている建物だけれど、営業は夜の店が多いようで、昼間は人が出入りしないのだ。

二階の自分の家を見下ろす位置に座った。リビングのカーテンを母が閉めるのが見えた。出かけるのか、それとも仮眠するのか。

いつもは壁にかかっている麦藁帽《むぎわらぼう》が、ソファに置いてあったので、外出するつもりだなと判断したのだが、いつまで待てばいいだろう。学校には「病院に寄ってから行くので遅刻します」とさっき連絡を入れておいた。

雲が一面、空を覆《おお》っている。天気予報を確かめてこなかった。雨が降るのかわからないが、湿度は高く、肌がしっとりしている。

そんなことを考えていた僕は、気配を感じてマンションの入口を二度見した。母が出てきた！　ベージュのプリーツブラウスに、茶色のワイドパンツといういで立ち。帽子はやはり麦藁だ。

駅の方へ向かっている。僕は距離を置いて追いかけた。母が振り向いたら終わりだ。何しろ制服を着ているのだから。上に何か羽織るものを持って来ればよかった。くしゃみが出る気配がないのは幸いだった。

母が反町駅の改札口に入っていった。昼間、この駅を利用する人は多くないから、エスカレーターに乗っている後ろ姿がよく見える。僕は、母がいったん降りて、次のエスカレーターに乗った時点で追いかけ、その後は別の降り口へ向かう階段を使った。ホームに着くと、数人が電車を待っていたので、そこへ紛れ込みながら、到着した電車に乗った。母の隣の車両で、次の駅で降りるだろうと予想しながら見守る。やはりそうだった。母は横浜駅で降りた。ここからは逆の意味で尾行が大変になる。人が溢《あふ》れ返っているので、ともすれば見失いそうになるのだ。

でも、行き先は想像がついていて、母はその通りに行動した。北口へ回り、京浜急行の改札を入った。各駅停車の普通・浦賀《うらが》行きを選び、二つ目の日ノ出町で降りる。わずかな期待を抱《いだ》く。改札を出て裏側に回ってくれ、と。そちらにはトランクルームがある。

しかし母は、この間と同じように、大きな交差点を渡り、大岡川にかかる橋を越えていく。僕のような若造が歩いていると、「おにーちゃん、まだ寄っていく年じゃないかな」と、からかわれるような街、伊勢佐木町。大通りをしばらく歩いてから、母は左折した。

角まで走っていき、姿を追うと、灰色のビルの前で母は立ち止まった。お金を貸す会社の看板が出ている五階建ての建物だ。僕はとっさに、すぐそばの自動販売機の陰に隠れて、様子をうかがった。そっと覗《のぞ》くと、母がドアを開けて、入っていくところだった。

僕はその場を離れて、大岡川まで戻った。桜の木が枝を広げている。

暑い。初めて気温の高さに気づいた。

こめかみから汗が浮き上がってきている。ポケットからハンカチを取り出した。母が先週末、アイロンをかけてくれたものだな、としばし見つめる。

僕はスマホを取り出した。父ではない。こういうときに、助けてくれる人ではない。もちろん、瑠衣さんでも山本でもない。

ここに連絡するのは久しぶりだ。

「米田《よねだ》です」

相手はすぐに出た。「電話にすぐ出るのも、俺の仕事のうちだからね」と以前言っていた。丸顔に黒縁メガネの、穏やかそうな顔を思い出す。

「米田さん、母が」

「奥貫くんだね」

名乗るのを忘れていた。発信者履歴を見て気づいてくれたようだ。

「奥貫広夢です」

「うん、お久しぶり。お母さんが、どうした?」

桜の幹《みき》にもたれて話すつもりが、しゃがみ込んでしまった。

前回、母が逮捕された後、お世話になった弁護士の神部《かんべ》さんに紹介されたのが米田さんだ。覚醒剤の依存症の人たちを社会復帰させる活動をしていて、その家族のケアもやっている。

　何度か会ったけれど、結局、僕はもう米田さんの助けはいらない、と判断した。母は職種のおかげで恵まれていて、あっという間に社会復帰したし、再犯しないと誓《ちか》っているし、僕はそんな母と順調に生活している。いや、していた。過去形だ。

「母がビルに入っていきました」

　しばらく沈黙が流れた。

「ビルっていうのはつまり」

「わかりません。わかりませんけど」

　米田さんは、静かに続きを待っている。

「お金を借りに行ったのかもしれませんけど、あれを買いに行ったのかもしれません」

　ここで話し込んでいたら、母がいずれ戻ってくる。

　僕は、北東の方角へ歩き出した。今いるところから、大通り公園へ出れば、関内駅に続き、そしてその先には石川町、元町がある。

「お金を借りに行っていたとしても、結局同じことですよね。クスリを買うためですよね」

「君がそう思った理由を教えてくれないか」

「え」

「お母さんを疑って、つまり尾行したわけだろう」

話していないのに、なぜ米田さんはそこまでわかるのだろう。

「はい」

「どうして疑うようになったのか」

大通り公園では今夜イベントがあるらしく、ステージが準備され、マイクのテストが行われていた。

「前に、日ノ出町でバッタリ会ったことがあって」

「うん」

「そのとき母は、日ノ出町に住んでた頃、仲良かった近藤さんちに行ってきたって話してて。猫を飼い始めたから、奥さんたちで集まってお披露目《ひろめ》みたいなのやったんだって」

「うん」

「近藤は、僕の中学の同級生だから、久しぶりに連絡したんです」

「うん」

「そしたら、猫なんて飼ってないって」

その電話のことを思い出すと、足が重くなってきて、僕は空いているベンチに座った。

「つまり、お母さんが嘘をついた理由を推察《すいさつ》して、確かめるために尾行したんだね」

「はい」

「お母さんの様子は」

「普通に見えたんです。でも、いつも仕事に追われてるから、そんな毎日、何時間も話すわけでもなくて」

「そうか」

「僕は……警察に通報すべきなんでしょうか」

「今、ってことかい？」

「はい。だって……」

　証人として僕は、裁判で母をかばった。万が一、母がまたそういうことをしたら、僕は自分から警察を呼ぶ。気持ちが高ぶって、そこまで言ってしまったのだった。

「それは待とう」

　米田さんの言葉が、僕には意外だった。というのも、米田さんには父と同じことを言われていたのだ。お母さんを甘やかしすぎちゃいけない。何かを失う痛みがないと、本当に依存症から立ち直ろうという気持ちは芽生《めば》えないのだ、と。

「お母さんに直接聞こう。帰ったら、話をするんだ」

「あ、はい」

「それで、もしやってるってお母さんが言ったら自首《じしゅ》を勧める。お母さんが言い訳し続けたら、また状況を教えてくれないか」

「はい」

「君が通報したら、君は一生それで悩むことになるね。そこまで背負うことはないんだよ。周りを頼《たよ》ってくれ」

「今、頼ってます」

「それでいいんだよ」

電話を切ってから、僕は日が暮れるまで大通り公園にいた。動かない銅像だとでも思ったのか、ハトが何羽も、足元をうろうろしていた。


生まれて初めて、学校をサボってしまった。

家には先生から連絡が来ていただろうか。母はもう帰宅していて、その電話に出ただろうか。

いつも通り仕事部屋から「おかえりー！」と声が聞こえてきたら、僕はどう反応したらいいんだろう。

もしかしたら最後の晩餐《ばんさん》になるのかもしれない、と僕は母の好物の餃子をまたテイクアウトしてきた。

考えながら帰宅した僕は、電気が一つもついていないことに気づいた。母はあれからどうしたのか。まだ横浜駅で買い物でもしている可能性も高いが、もしかして、お金が払えなくてビルに閉じ込められているとか。あの現場から離れず、ずっと見ているべきだったのでは？

母に連絡してみようと、バッグからスマホを取り出したときだった。リビングの電話が鳴った。僕は走っていった。

「はい」

「弁護士の神部です。広夢くん？」

「はい」

「とても残念なお知らせですが、お母さんが逮捕されました」

「え」

僕は呼吸を忘れた。息苦しくなって、ようやく喘《あえ》ぐように深呼吸した。

神部さんが事情を説明してくれるけれど、その声が遠くに聞こえる。伊勢佐木町のビルに、警察が以前からマークしていた売人の男性がいた。警察は、その人の販売ルートを何ヶ月もかけて洗って、逮捕のタイミングを見計らっていた。ちょうどそこに、母が現れたのだ、と。

ソファに寝転がった。涙が流れて、クッションに染み込む。餃子のニンニク臭が部屋に広がっていく。四人前は、ひとりで食べるには多すぎる。

父に電話をかけた。つながらなくて、留守電になった。

「お母さんが、せっかく一歩一歩上っていた階段から、転がり落ちました」

念のため付け足した。

「あ、比喩《ひゆ》です。ケガをしたわけじゃないです」

電話を切った。

10

「あのさ、ちょっといいかな」

昼休み、わたしがお弁当と本とスマホを巾着袋《きんちゃくぶくろ》に入れて立ち上がると、山本悟志《さとし》が近づいてきた。同じクラスだし、広夢と一緒にいるから、よく目に入る。でも、直接しゃべったことはほとんどない。

山本だけではなくて、クラスの子とはグループ学習でもない限り、ほとんどしゃべらない。別に友達なんかほしくないから、お弁当もひとりで屋外のベンチに行って食べる。おかげで卓球をやめたことだって、まだ誰にも気づかれていない。

「何」

わたしはぶっきらぼうに答えて、そこ早くどけよオーラを出してみた。でも、山本はわたしと通路の間に立ちふさがる。ぷっくらしたほっぺたにややたれ目で、ちっとも迫力《はくりょく》はない。

「えっと、ちょっと相談あって」

「広夢のことで」

「は？」

よく見ると、たれ目の白い部分が充血している。泣いていたのだろうか。何か、普通ではないものを感じて、わたしはうなずいた。実は早飯が特技だから、十分間ほどあればお弁当は片づけられる。

山本について、廊下に出た。階段を上っていくから屋上に出るのかと思ったら、その手前の鉄扉の前で立ち止まった。

「あのさ、広夢からなんか聞いた？」

「なんか、って何」

「その……絶対誰にも言わないって約束してほしいんだけど」

もともと話す速度がゆっくりで、舌の動きがゆるいような、甘ったるいしゃべり方をする。言い方にも速度にもイライラして、わたしは混ぜっ返した。

「誰にも言っちゃいけないなら、わたしにも言ったらダメっしょ」

「いや……あの」

両手で顔を押さえてから、山本は続けた。

「あいつは、普通に友達はそこそこいるけど、本当に仲いいのって、多分おれと、あと三上さんくらいなんじゃないかって」

暗がりでよかった。なぜだか顔が赤くなるのを感じた。

「別に仲いいってほどじゃ」

「広夢が勝手に仲いいって思ってるだけかもしれないけど、助けてやってほしくて」

「だから何を」

「あいつのお母さん、また逮捕されて」

「は？　いつ」

「昨日の夜」

「広夢のお母さんって、わたしばったり会ったことあるよ。なんで？　もしかしてまた」

「そう。覚醒剤」

「ウソだ……。広夢はどうしてんの？　お父さんは一緒じゃないんだよね。あれ？　兄弟は」

広夢とそこそこ話しているつもりで、実際は家族構成も知らなかった。山本は首を振った。

「一人っ子。あいつ、学校には『近所に叔母《おば》さんがいて、その人が助けてくれるから』って言ってて。けど、嘘なんだ。そんな叔母さん、実在しなくってさ。でも、誰かいるって言わないと、『お父さんのところに引っ越せ』とか、そういう話になるかて」


「今はどうしてんのよ」

「ひとりで家にいる。さっき電話で話した。学校に来る気に、さすがにならないっら」

部屋でひとり、膝《ひざ》を抱えている広夢の姿が目に浮かんだ。

「で、今日が木曜だろ？　今日と明日は、おれがあいつの家に寄って、話をして。なんなら晩飯もなんか一緒に食うから。週末のさ、土日のどっちかでいいから、あいつに連絡してやってもらえないかな？　おれ、部活でそこ動けなくて」

何部だろうと一瞬思ったけれど、山本のことは、今はどうでもいいのだ。

「わかった」

山本と別れて、いつものベンチに行くのは面倒くさいから、屋上へ上がった。にわか雨が少し降ったようで、コンクリートが濡れている。座れる場所が見当たらない。立ったまま、わたしはスマホを取り出し、電話をかけた。

「はい」

いつも通りの広夢の声に聞こえる。

「わたし、三上」

「瑠衣さん」

「なんかちょっと、山本に聞いたんだけど」

「あ、はい。わざわざありがとうございます」

「土曜日ヒマ？」

「え？　あ、はい」

「どっか行きたいとこある？」

「行きたいとこ……」

広夢は黙り込んだ。こちらも、意地でも黙っている。

「沼ですね」

「沼？」

「沼に沈んでいきたい気持ちです」

やはりいつも通りではなかった。

「わかった。じゃあわたしの知ってる沼に行こう」

「え、行きつけの沼があるんですか」

広夢の声に少しだけ笑いが混じったので、わたしは、詳細はまたメッセージを送ると伝えて、電話を切った。

壁にもたれて、ようやくお弁当を開く。卓球をやめたんだからボリュームを減らしてくれと頼んでいるのに、母は「感覚がわからないのよ」といまだにスタミナ満点のものを作ってくれる。

広夢のお母さんは、いつまで警察にいるのだろう。広夢はお弁当、どうするのかな。

誰も来ないのをいいことに、わたしは立ったままガシガシ平らげた。

「入口、この辺だったと思うんだ」

バスを降りて、わたしはあたりを見回した。

「ハイランドっていう住宅地なんですね。ここ」

広夢もきょろきょろしている。

水曜に「逮捕」があって、今日が土曜日。ほんの数日なのに、彼の頬からあごのラインがげっそりと痩せている。眠れていないのか、目もしょぼしょぼしていた。でも鎌倉駅で合流してから今まで、まだ一度もお母さんの話題は出していなかった。どう切り出せばいいのか、わからない。

これまで考えてもみなかったが、わたしは、自分がごく平凡な家庭に育ったのだな、と思う。警察に逮捕されたら、その後、どうなるのかも知らない。裁判？　刑務所？お母さんが赤信号で停止しなかったといって、罰金を取られていたことはあったけれど。

そんなことを考えながら、路地裏へ入り込んだら、入口は難なく見つかった。木の幹を彫ったようなモニュメントがあって、「久木《ひさぎ》大池公園」と書かれている。

「幼稚園のとき、家族でハイキングをしに来たことがあったんだ」

「よく覚えてますね、幼稚園のときのこと」

「卓球が忙しくなってから、家族旅行とかしてないし」

「そっか。この大池っていうのが沼？」

「わたしの記憶が正しければね」

「あ、ここから階段で下るんですね」

言われて初めて、そういえばこれは階段だ、と気づいた。舗装された石段が、カーブの向こうへと続いている。でも、ところどころ、苔《こけ》の生えた大きな石があったり、木の根っこが横断していたりするので、階段を下りたという記憶が欠落《けつらく》していたようだ。

しかも、遠い記憶と、風景が違う。

前に訪れたのはおそらく晩秋か冬だったのだ。階段に落ち葉がいっぱいたまっていて歩きにくいかわりに、周囲の木々は枝だけになって見通しやすく、あたりは静まり返っていた。ところが、今はどうだ。葉は密に茂り、あちこちから羽音がブーンブーン、と聞こえる。首を軽く右から左に振っただけでも、チョウ、ハエ、アブ、ハチらしきものを目撃した。六月に来るところではなかった。スズメバチは大丈夫なのだろうか。マムシはいないのか。ひとりだったら回れ右して帰ったかもしれない。

「ここ、絶対、階段おじさんも知らないよね」

「じゃあ、数えて報告しましょう」

そう言って、広夢は、

「一、二、三」

と、数えながら下り始めたが、すぐに、

「ん？」

と首をかしげた。カーブを曲がったところからは、階段がなくなって、露出《ろしゅつ》した木の幹が段の代わりになっている。

「どうカウントすればいいんですかね？」

「ふと気づいたんだけど、最近、広夢のしゃべり方、完全に敬語に戻ってない？」

「あ、すみません」

「だからーっ」

交代して、わたしが先に下りていく。

「もう数えるのあきらめる」

広夢がぶつくさ言いながら、階段なのか坂道なのかよくわからない道をスマホで撮影している。

酸素が濃いなと思う。息を吸うたびに肺がお腹いっぱいになる、というと表現がおかしいのだがそんな感覚だ。足元をオンブバッタが横切った。額に汗が浮かんできて、バッグに入れてあるスポーツタオルを取り出そうとして、ないことに気づいた。そうだ、引退してからは、タオルが不要になったからだ。代わりにティッシュが見つかったので、それで汗をそっと拭《ふ》く。男子と出かけるときに、ハンカチすら用意していないなんて不用意だ、と無言で自分を叱る。するともうひとりの自分が、「だってこれデートじゃないでしょ？　それともデートなの？」と無言で問い返してきた。

意外と高低差がある。今度は不揃《ふぞろ》いな石段が現れる。苔《こけ》がついているが、ここ三日ほど雨が降らなくて乾燥しているためか、ほとんど干《ひ》からびて見える。広夢が、走って下りてきて、追いついた。

「結局、何段あったのか、タクワン先生に報告できないや」

「別に報告しなくていいじゃん」

「あ、そっか。階段っていうと、絶対伝えなきゃいけない気がしちゃって」

わたしたちは階段の下に降り立った。前に獣道のような細い道がある。他の季節はもっと広いのかもしれないが、両側にススキや背の高い雑草がいっぱい伸びていて、その葉が生《お》い茂《しげ》っているのだ。

白い毛の大型犬を散歩させている人が向こうから来た。こんなワイルドな光景には、たしかに大きな犬が似合う。広夢は、犬が好きみたいで、

「こんにちはぁ」

と犬に話しかけている。馬が犬と戯《たわむ》れている図に見えて、わたしは笑いをかみ殺した。

獣道の、ススキの葉の向こうに、緑と茶色を混ぜたような色合いの水面《みなも》が見えた。池に沿って左に曲がると、雑草がなくフェンス越しに直接池の見える場所が現れる。

「ほら、ここが沼」

「もっと泥々な感じかと思ったんですけど、意外と普通の池ですね」

やんわりと苦情を言ってくるので、わたしはフェンスの下あたりを指さした。

「ほら、ここに足乗せてごらんよ。ずぶずぶって埋《う》まるから」

地面がぬかるんでいて、転んだら、そのままじわじわと引っ張り込まれそうだ。

底なし沼かどうかは知らない。ただ、子どもの頃、親はそう言っていた。そして勝手に遠くへ行かないようにと脅《おど》された。当時は、湖面をぐるっと一周できたのだが、今は大雨の後に木が倒れたのか土砂《どしゃ》崩れがあったのか、一部が不通になっている。

広夢は素直に、スニーカーでぬかるみに乗って、

「うぁ、抜けない!」

騒《さわ》いだ挙句《あげく》、

「靴底にどっぷり泥がつきました……」

と落ち込んでいる。

「よかったね。沼を満喫《まんきつ》できて」

「ハイ」

ぬかるんでいない安全な地面まで避難《ひなん》した。雑木林が広がっている。ハイキングコースへつながっていて、鎌倉まで行けるみたいだ。後ろからひとり男の人が来て、その小道へ入っていった。でも、わたしたちのような普段着ではなく、ちゃんとリュックを背負って、トレッキングポールをついている。

「連れてきてくれて、ありがとうございます。瑠衣さんと一緒で楽しいし、空気が濃くて気持ちいいし、沼にどっぷり浸《つ》からなくても、もう満足です。ありがとうございます」

こんなふうに、さらっとお礼を言える人にわたしもなれたら、どんなにいいだろう。

「大変なんだよね、いろいろ」

わたしは、ろくに励《はげ》ましの言葉も言えない。

「母は昨日、送検《そうけん》されました」

ニュースでよく聞く言葉だけれど、「送検」が何を意味するのか、正確に理解していない自分に気づいた。

「そうなんだ。お母さん、一度会っただけだけどさ。信じられないよ。すごくオシャレで、素敵な雰囲気で」

「ありがとう」

「連絡取れるの？」

広夢は首を横に振った。

「弁護士さんがいるから、何か伝えてもらうことはできなくはないんですけど……。僕は当分は連絡取らないです。何を話したらいいのかもわからないし」

「それは……さすがの仏《ほとけ》の広夢も、お母さんが二度同じことやったの、腹が立ってるってこと？」

首をかしげたまま、広夢は固まっている。

「うーん……。どちらかというと、逆かもしれません。自分を情けなく思っている。自分が母を救えるかもしれない、と力を過信してしまった。周りはみんな無理だって言ってたんです」

「そうなの？」

「僕は、母が約束を守ってくれると信じてた。もう絶対に同じことはやらないって。でも、依存症の人の立ち直りを支援してる米田さんって方に言われていたんです。

『そういう大切な約束を守れるようなら、覚醒剤は別に怖くない。守れないから、依存症は恐ろしいんだ』って。僕は、母に限っては違う、と信じてたんだけど」

突然スズメバチが一匹、ふたりの間を割くように飛んできた。

「怖い怖い怖い」

広夢が大声を上げたので、雰囲気を変えようと努力してくれてるんだなと思って、わたしも続いた。

「やばいやばい」

ふたりで悲鳴を上げて走り出し、大池のほとりを離れて、そこからちょろちょろ流れ出している小川のほとりでようやく立ち止まった。舗装されていない、かわいらしい小道だ。左手に住宅地がある。小川のある生活って楽しそうだなと思う。ベンチがところどころに置かれているのだが、背の高い雑草に包囲されていて、座るのは難しそうだ。

「ごめんね」

突然、わたしが謝ると、広夢はぱちぱちと瞬《まばた》きした。

「何がですか」

「広夢のことね、感情が薄い人なんだって、前に思ったことがあって」

早口でその先を続ける。

「ほら、怒らない、怒り方がわからないっていうから。笑うことも悲しむことも、全般的にそういう感情が薄い人なんだと思ってて」

「なるほど」

広夢は、あごに手を当てて、真面目《まじめ》に考えている。

「ちょっと、納得しないでよ。そうじゃなくって。君は、『怒』の感情がない分、他の感情が強いんだよ。わたしなんかより、悲しみの感情は強いし、嬉しいとか感謝とか、そういう気持ちもいっぱいあってさ」

涙が出てきそうになる。わたしは、きっと逆なのだ。「怒」の感情ばかり強すぎて、人に対する感謝や、嬉しいと思う気持ちが薄い。

「だからその……こういうことあって、人一倍傷ついてるんだろうなって。わたしはガサツだから、追いナイフっていうの？　さらにプサプサ刺して傷つけるようなこと言ってるかもしれなくて」

広夢がゆっくりと首を左右に振った。

舗装された道に出た。小川は水路になって、まっすぐ流れていく。

「めずらしいですね。こういう、目に見える水の流れ」

「そう？」

「いまどき、暗渠《あんきょ》になるじゃないですか」

「アンキョ？」

「地下の川っていうか水路。上に道路がかぶさって、見えない川のことです」

「あー、なるほど」

また黙って歩く。左手に中学校が見えてきた。

「瑠衣さんは多分、暗渠タイプですね」

「暗渠タイプとは」

わたしは広夢の口ぶりを真似した。

「見せないだけです。本当は瑠衣さんほど優しい人はなかなかいないと思います」

わたしは、プーッと口を鳴らして、驚きをごまかした。

「何言ってんの」

「僕の悩みなんかに付き合ってくれて。本当は、瑠衣さんだってきっと大変なのに」

「なんで？」

「先生の、階段おじさんのブログに、十八歳がピークでそこから下るだけのこともあるのでは、ってコメント書いてたじゃないですか」

「え、なんでバレた」

「わかりますよね、普通。スマホのケースもサブバッグも紫だし、紫好きなのかなーとか」

「紫リンゴ。ハンドルネーム、失敗した」

　このままごまかして会話を終えてしまう手もあったけれど、この馬っぽい草食動物には、むしろ話を聞いてもらいたい気がした。

「卓球、やめたんだ」

「え？」

「ほら、前にラーメン一緒に食べたとき、やめる目前だったわけ。じゃなきゃ、無造作に豚骨ラーメンとか食べないから。ストイックに体脂肪管理してたし」

「やめたって……いうのは」

「要するに悲鳴を上げたわけなんだな、体が」

「ええーっ」

　広夢が、口を尖《とが》らせる。

「僕なんかより、よっぽど大変な悩みじゃないですか。全然知らなくて」

「何言ってんの？　そっちのほうが大変な悩みだよ」

「そんなことないですよ」

「じゃあ、じゃんけんで決める？」

「なんでじゃんけ……やりましょう」

　言い合いながらスマホで地図を確認して、トンネルをくぐって、鎌倉駅の隣の逗子《ずし》駅へ出た。

わたしはまだ帰りたくなくて、

「喉かわいた、死んじゃいそう」

と、騒いだ。広夢が、

「体脂肪もういいなら、ケーキも食べましょう」

と、ロールケーキが有名な老舗《しにせ》喫茶店を見つけてくれた。

11

こんにちは。ハンドルネームの「教え子のヒロム」君というのは、私が退職前に屋上でおしゃべりしたヒロム君のことだよな。書き込んでくれてありがとう。逗子市の久木大池公園の階段を下りたんだね。懐かしい。写真も添付してくれてありがとう。夏は木が生い茂っているんだね。

実は私もあの辺りは歩いたことがあるんだ。私の場合は冬だった。

あの池の近くは社会科の教師としては気になるところでね。山際を散策してみたかい？　防空壕《ぼうくうごう》がたくさんあるんだが、それというのも戦時中、あの辺り一帯は海軍工廠《こうしょう》があったんだ。つまり、大日本帝国海軍の軍需《ぐんじゅ》工場だ。神奈川以外からも女学生たちが動員されて、いろいろなものを作っていたらしい。道路沿いに水路が整備されたのもその時代で、大池は当時、火薬《かやく》庫だったそうだよ。

あの地から池子《いけご》や桜山まで、壮大《そうだい》な地下都市になっていたという説もある。

戦争が終わって年月が過ぎるとともに、そんな事実も人々の記憶から遠ざかり、埋もれていってしまう。そう考えるとあの久木大池公園の階段は、歴史の秘密の扉を開けるような、不思議な存在とも言えるね。

さすが先生だ。まさかあの階段を知っている上に、蘊蓄まで返ってくるとは思わなかった。こんなふうに教えてもらうと、また歩いて、防空壕を探してみたくなる。

瑠衣さんに連れて行ってもらってから、二週間がたった。スマホのアルバムを整理しているとき、間違って大池の階段の写真を消しそうになったので、しっかりカギをかけて保存した上で、先生に送ったのだ。もちろん、紫リンゴさんと一緒に行ったことは伏せてある。先生は忙しかったみたいで、返事は二日後の今日、来た。僕は昼休み、図書室の奥にあるお気に入りの席に座って、こっそりスマホを見ていたのだった。

先週から僕はまた学校へ通うようになった。噂は広がっているのかもしれないし、意外とそうでもないのかもしれない。僕ごときの家族の問題に、みんながいまさら興味を持たない可能性は高い。あるいは、二度目だと慣れて情報価値が下がったのか。とにかく誰も僕に、母のことを尋ねなかったし、ひそひそ何かを言われている様子もなかった。校長先生に謝ったら、「君が謝る必要はないだろう」と怒られた。そして、担任の先生には「叔母さんが本当に来てくれてるんだよね？」と確認された。

ときどき瑠衣さんにはメッセージを送っているけれど、甘えないようにしなくてはと反省している。卓球を本当にやめるのかどうかわからないが、瑠衣さんには考えるべきことがたくさんあって、僕ごときがその邪魔をしてはいけないと思う。

放課後、いつもとは違うルートを選んだ。

学校の正門を左に曲がって、港《みなと》のみえる丘公園方面に向かい、突き当たりを折れて谷戸坂《やとざか》を下りる。途中で高架《こうか》の遊歩道が始まるので、その道をたどって人形の家の前を通った。

山下《やました》公園で父が待っている。

今日、母が起訴《きそ》された。弁護士の神部さんと話すために、父は上京してきたのだ。忙しいから日帰りとのことだった。

人形の家を過ぎたあたりまでが高架だ。その先に階段があって、遊歩道は山下公園で終わりになる。

階段を下りようとして、僕は立ち止まった。青い壁の螺旋《らせん》階段。まるで海の色をしたカタツムリだ。スマホを取り出そうとして、でも父は既に氷川丸《ひかわまる》の前のベンチにいるのだった、ということを思い出して、僕は写真をあきらめて駆け足でぐるりと降りた。

「お父さん」

氷川丸が停泊している岸壁のそばで、父はノートパソコンに向かって作業していた。

髪の毛が薄くなったな、と思う。もっとも父は自分の風貌《ふうぼう》にはまったく頓着しない人なので、気にもしていないだろうが。

白いTシャツの上に、青と白のストライプのシャツをジャケット風に羽織っている。

「おう。ドキュメント保存するから、ちょっと待ってな」

「そのファッション、おしゃれだね」

「ノーアイロンでいいシャツを探したんだ。忙しくてアイロンなんてかけてられないからな」

「へえ、アイロンいらないんだ」

「よし、行こう。待たせたな」

「いや、こっちこそ、学校出るのが遅くなっちゃって」

放課後のホームルームで、話し合う議題があったため、時間がかかってしまったのだった。

「中華街でも行くか。帰る前に腹ごしらえしたいし」

もちろん僕に異存はなかった。

お父さんが事前に調べていたという、雲呑《ワンタン》の美味しい店に入った。

「あのな、広夢が賛成するかわからないが」

メニューを注文した後、父は切り出した。母の話だと直感した。僕たちは会ってから、意識的にその話を避けていた。

「お母さんの保釈は請求しないことにする」

いったん区切って、父はビールを飲んだ。

「前回は保釈を請求した。お父さんも、動転していたし、まさかという気持ちもあったし、お母さんも慣れない勾留生活で参っていただろうし」

あのときは初犯だったので、保釈保証金を納めて、母は裁判中も自宅にいることができた。金額はたしか二百万円くらいで、裁判後に返金された。

「うん」

「今回は、どっちにしろ再犯だから、実刑になる可能性が高いし、保釈は難しいらしいんだがな」

「そうなんだ」

実刑、という言葉が耳を打つ。母は刑務所に入るのだ。まだ実感がわかない。

「お母さんに、もう逃げ道は作らない」

初犯のとき、そう言われていたら、僕はきっと泣いていた。お母さんだって、薬物をやりたくてやったんじゃない。やむにやまれずハマってしまったのだ、と。

でも、今回、僕の目からは涙が出てこなかった。

「お父さんの言いたいことがやっとわかった。遅くてごめん。頭が悪くてごめん」

「広夢は優秀だ。頭が悪いわけ、あるもんか」

「一昨日、米田さんに会ったんだ」

揚げ雲呑がさっそく運ばれてきた。僕は食欲が湧かないが、父はぱっぱと口に放り込んでいる。

「お母さんは本当のことを隠してた。一回目の裁判のとき、『仕事がきつすぎて、つい手を出してしまった』と言っていたけど、そうじゃなかった」

「ああ」

米田さんは教えてくれた。今回の逮捕で、母は警察にすべてを話したらしい。

二十代の終わり、創作の才能が足りないと悩んでいたときに、「アイデアが浮かぶよ」と知り合いに大麻《たいま》を勧められた。結婚してからはいつ子どもができるかわからないから、きっぱり縁を切ったが、それが母に変な自信を与えてしまった。やめたいときに、自分はいつでもやめられる、と。そして、母は父が単身赴任で奈良に行ってから、大麻をもう一度入手しようと思って、日ノ出町の売人《た》を訪ねた。すると、こちらのほうが疲れも取れる、と覚醒剤を勧められ、誘惑に耐え切れず始めたのだった。

「お母さんと薬物の関係は長すぎて、僕にどうこうできるレベルじゃなかった」

「おまえはよくやってくれたよ」

「米田さんが、『依存者の人と家族の関係は、一筋縄《ひとすじなわ》ではいかない』って」

「米田さんがそんなふうに？」

「全力でサポートして、その結果、何も失わずに元通りの生活ができると、次に覚醒剤の誘惑があったとき、今度こそ隠しきれば行けるんじゃないかと思ってしまうって」

「ああ、なるほど」

「何か大切なものを失ってしまった、という後悔がある人の方が、本気で依存症と向き合って、なんとかしていこうという気持ちになれるんだって」

「うん」

「僕は、自分こそ何も失いたくないから、お母さんと元通りの生活をしようって思って、それで、米田さんの話に聞く耳を持たなくて、うちのお母さんだけは違う、って勝手に期待しちゃって。かえって邪魔をしたのかもしれない」

「なんでも、そうやって自分のせいにするのはよくない。悪いのは、薬物に手を出したお母さんだ」

「お母さんが家に帰ってきたとき、僕が家にいない方がいいと思うから、大学はどこか家から通えないような遠いところにしようかと思ってる。まだ漠然《ばくぜん》とだけど」

「それがいい。大学、具体的に考えているところはあるのか」

僕は首を横に振った。

「前から進んでない。デジタル系とは思ってるけど」

「そうか、ジャーナリズム系なら、父さん、それなりにわかるんだがな。まあ、何かあったらいつでも聞いてくれ」

今度は雲呑スープが運ばれてきた。味わえないまま、とりあえず口に流しこむ。

「ただ、一つだけ気になることがあって」

「なんだ」

「依存症の人は、ひとりぼっちにならない方がいいんだって。誰か、友達でも、仲間でもいて、普通にしゃべったり時には励ましたり、そういう人がいた方が」

「ふむ」

「僕がその役をできないんだとしたら……お母さんにはそういう友達がいるのかな」

「さあ」

僕が知る限り、お母さんにはたくさんの仕事相手がいる。でも、その人たちが友人かどうかは知らない。

「お母さんがどうするかは、お母さんが決める。少なくとも、おまえが悩むことじゃない。そろそろ前だけ見ろ」

「うん……」

父のように強くなれたらと思う。物事を理性で、きっちり判断していくことが、僕にはとても難しい。

「おまえは優しくて、そこはお母さんに似てると思う。でも、意志は固く、流されない強さを持ってほしい」

父が母に対して冷たく、距離を置くのは、僕を守ろうとしてくれているからなのだ、と思う。

「頑張る」

「今すぐ、奈良に来たっていいんだぞ。卒業まで今の家にいるつもりか」

「うん。友達がいるし」

山本の顔を思い浮かべたつもりだったが、山本より大きく、瑠衣さんの顔が現れた。

「そうか。叔母がいるなんて、学校側に嘘を言うのは心苦しいんだが、おまえがそう言うなら口裏合わせるよ」

「ありがとう」

次々とテーブルに料理が運ばれてくる。父は注文しすぎたみたいだ。僕は、とにかく食べ物と向き合うことにした。

□

父とにぎやかな店で話したせいかもしれない。

帰宅したら、沈黙が重苦しくて、窓を開けて空気を入れ替えた。それでも沈黙は出て行かないものなんだな、と僕はひとりで苦笑した。

お風呂から出てきたら、スマホにメッセージが届いていた。瑠衣さんからだ。


その後どう？　階段おじさんのブログ、更新されたよ。

短いメッセージに瑠衣さんの気遣いが詰まっている。僕はすぐにアクセスした。

■勝負の階段

こんにちは。もうすぐ梅雨入《つゆ》りとなりそうですね。全国的にゲリラ豪雨のニュースを聞くことが多くなりましたが、先日、京都市でも強い雷雨がありました。気候の変動が気になりますね。皆様いかがお過ごしでしょうか。

私の家の近所の路地では、そこここに紫陽花《あじさい》が咲いていて、楽しみながら通勤しています。

さて、今回は近況報告と、階段に関する思いがけない「依頼」の話です。

私は母の塾に、学校でいうところの「教頭」のような立場で入り、現場で右往左往していています。経営のことはわからないので、母が自宅でパソコンを使ってなんとかしつつ、経理部の古参の方にも助けていただいています。

私ができるのはやはり、ただ教えることだけなのです。とはいえ、高校生に5教科を教える塾で、社会しか教えられない教頭は「困ったものだ」という扱いを受け、不服です。母は全教科指導ができるので、比較されるのでした。そこで私も、もちろん、専門の講師にはかないませんが、ピンチヒッターくらいはできるよう、国語、英語もただいま勉強中です。

あと、高校では授業中に雑談をしても、カリキュラムさえ予定通りこなしていれば特に文句は言われない、というよりむしろ生徒たちには歓迎されていたように思いますが、塾では雑談は1分も許されない、いえ必要とされないと書くべきでしょうか。どうでもいい話を聞くために、親御さんは授業料を払っているわけではありませんからね。通学の生徒が大半なのですが、一部の浪人生《ろうにんせい》は当予備校が用意した学生寮に入って、勉学に励んでおります。その覚悟に応えねばなりません。

その代わり、授業開始前や休み時間に教室や廊下で、子どもたちになるべく声をかけて、どうでもいい話をするようにしています。最初のうちは挨拶だけして、さっと席について自習していた子たちも、徐々に一言二言、雑談してくれるようになり嬉しく思っています。

　さて、そんな日常を送る中、塾長もとい母から思いがけないお題を与えられたのでした。母はいまだ大腿骨骨折のリハビリを続けているのですが、本当はとあるレースに参加する予定だったのだそうです。

『ＪＲ京都駅ビル大階段駈《か》け上がり大会』なるものが京都駅で毎年2月に行われているらしいのです。「駈」の文字にこだわりを感じますね。母は昨年エントリーして、最年長として注目を集めていたそうなのですが、今年も参加すると仲間に約束していたのです。

　この大会は、４人１組のグループでエントリーします。リレーのようにバトンを回すわけではなく、それぞれが時間をおいて順番にスタートして、合計タイムで争うのだそうです。

「依頼」が何かといえば、まさにこの大会に関してです。母から「自分の代わりにこの大会にエントリーしてくれ」と頼まれました。

　青天の霹靂《へきれき》です。うなずくより前に取り急ぎ現地視察だと考え、さっそくその大会が開催される階段を見に行ってきました。

　ＪＲ京都駅には、巨大な駅ビルがあって、デパートやホテル、ショッピングモールなどが密集しています。階段は室町小路広場にあり、私はその場所を探し当てるのに、少し時間がかかりました。駅のど真ん中ではありますが、私のように新幹線からすぐに地下鉄乗り場に移動するルートしか知らないと、この広場は全く通らないわけです。初めて見た階段は迫力がありました。全171段。容赦のない傾斜《けいしゃ》です。もちろん歩いてなら上れます。ただ、ここを駆け上がるとなると、心肺への負担がどれほどのものになるのか、と体がぶるっと震えます。母はこの大会に去年参加し、完走したそうです。そう考えると、二十歳以上若い私が怖気《おじけ》をふるって逃げ出すわけにはいきません。

帰宅した私は母に重々しく引き受ける旨を伝えました。もっとも、人気のレースであるため倍率が高く、応募しても当選するかはわからないとのことです。それはよかった。むしろ落ちてもかまわないと思っています。こんな弱気ではいけませんかね。近日、母のお仲間、つまりチームを組む仲間に会う予定です。どんな猛者《もさ》たちなのかと期待半分、不安半分でおります。

僕は、瑠衣さんに返信を送った。

階段を駆け上がるレースなんてあるんですね。面白そう。みんな立ち止まったままではなく、前に進むんだなぁ。僕も見習いたい、と言いたいところですが、眩《まぶ》しすぎて目を細めてしまいます。

12

二キロ太った。あっという間に転がり落ちていくものなのだなと思う。

つい先日まで、体脂肪率は十四パーセント以内に抑えようと、常に意識していた。そうすると、余計なものは口に入れなくなる。間食のパンやおにぎりはともかくとして、脂ぎったラーメンだとか乳脂肪分たっぷりのパフェだとか、そういうのは自分のセンサーが自動的に排除する。食べたいとも思わなかった。

でも、卓球場に通わなくなってから二ヶ月半、心の奥底では試してみたかったそういうものを次々に味わい、わたしは意外と食に貪欲《どんよく》なのだと知った。カロリーを補給したいときはコンビニのパンで充分だと思っていたけれど、人気のパン屋さんのふんわりクロワッサンを試してみたら、ハマってしまったし。

晩ご飯の後、デザートを取るのも習慣化してしまった。今夜は、スーパーで買ったあんみつを皿にあけて、自分の部屋で味わっている。タブレットで、田浦卓球場のホームページにアクセスしながら。

やめておけばいいのに、わたしは毎日のようにこのページをチェックしている。田浦コーチは意外とマメで、大会に教え子やOBが出場するたび、結果を掲載《けいさい》しているのだ。大きな選手権のみならず、ちょっとした練習試合のことまで書き込んでいる。

小学生の頃は、ここに載せてもらうのが嬉しかった。

未読の報告が一つあった。東京のクラブチームとの交流試合。そんな非公式なものまで、田浦コーチは丁寧に取り上げる。紅里先輩と尾津さんは、女子ダブルスで3―0のストレート勝ちを収めていた。相手がどんな人たちだか知らないけれど、威勢よくハイタッチするふたりの姿が目に浮かぶ。

スマホを持って座っているのがだるくなって、ベッドに転がった。ますます体脂肪率が……と思うが、もはやどうでもいい。学校では、卓球をやめたことは広まっていない。広夢と山本だけが知っている。でもそのうち、体型でバレるのではないだろうか。ぷよんぷよんの体になって。

わたしは寝っ転がりながら、「階段おじさん」をチェックした。内容に興味があるというよりは、広夢から更新情報を知らされると「負けた」気になるのだ。自分が先に見つけたい、という謎の競争意識がある。

更新されていた！

■2段抜かしの階段

　こんにちは。

　梅雨空が続いていますね。先日は、平安神宮《へいあんじんぐう》の菖蒲《しょうぶ》を見に行ってきました。京都は近場に和の花を愛でられる場所がたくさんあるので心が癒《いや》されます。

　もっとも、そう前向きに考えることでなるべく横浜のことを思い出さないようにしているのも事実です。横浜の山手界隈《かいわい》は、桜は別として「和の花」よりも「洋の花」が似合う街でした。イングリッシュガーデンがありますからね。そうやって風景を思い出すと、学校までの長い階段が懐かしくなります。あの丘には至る所に坂道と階段があって、それぞれ趣《おもむき》があるのです。

　さて、階段といえば、前回書きました『JR京都駅ビル大階段駆け上がり大会』の件、いろいろと進展がありました。

　まずは、母の盟友《めいゆう》・Oさんという女性にお目にかかりました。4人組のチームのなかで、母が副キャプテンで、Oさんがキャプテンという間柄です。ここに書くことは、Oさんにはご許可をいただいています。本名で出してもらっても構わないと言っていただいたのですが、一応イニシャルにさせていただく次第でございます。

Oさんは、母よりも3つ年下の69歳です。運動神経のいい方なのよ、という程度の情報しか母からは聞いていなかったので、衝撃を受けました。実は素晴らしいアスリートでいらしたのです。なんと、日本最初の女子マラソンに出場された経験がおありなのでした。一九七八年、東京の多摩《たま》で開催された大会です。

今でこそ、女子マラソンは国内でもたくさんのレースがありますが、五輪の種目になったのが一九八四年のロサンゼルス五輪が最初で、女子がこの距離を走り切れるのか、とみんなが固唾《かたず》をのんで見守った時代でした。それより六年前に、大会に出場されていたのですから。

結婚を機にレースを離れ、子育てをされてきましたが、今でも引き締まった筋肉質のお体で、ジョギングは毎日欠かさないそうです。そんな方が、母の影響ではまったのが階段でした。今まで行かれて、印象に残っている階段をお聞きしました。奈良の長谷寺《はせでら》だそうです。399段の階段は非常に上りがいがあったと聞き、私も羨《うらや》ましくなりました。京都では神護寺《じんごじ》の400段の階段が素晴らしかったそうです。私もこのお寺は子どもの頃に遠足で行ったはずですが、なぜだか階段の記憶がありません。再訪しなくてはと思っています。

そんなふうにOさんとお話しさせていただいたところまではよかったのですが、問題が発生しました。「大階段駈け上がり大会」は、4人1組でチームを組むのですが、残りのお2人（SさんとFさん）が残念ながら揃って引退することにしたとおっしゃるのです。Sさんは膝を最近悪くされて、杖を使った方が歩きやすいくらいの状態だといいます。Fさんは、動脈硬化《こうか》とおっしゃっていました。長く歩くと乳酸が溜まって、足が動かしづらくなるそうです。日常生活では今のところ不自由はないけれど、長い階段を駆け上がる過酷《かこく》なレースはもう無理だと、残念そうにおっしゃっていました。

階段を上るというのは、当たり前にできる行動ではないのだと気づかされました。母のように大けがをしたから上れなくなるだけではない。腰、膝、足首……。体のたくさんのパーツを使うから、どこかが傷んだら、足を上げるのは苦しくなるのです。

元々の4人のメンバーのうち残っているのはOさんだけになり、私が参加するにしても人数が足りないことが判明しました。とは言っても途方に暮れているわけにはいきません。それで、Oさんと私で1人ずつ探すことにしました。私は職場で、若い塾講師に声をかけてみようかと思っています。

私自身、あの171段を上ることに戸惑いはあったのですが、早くも人を勧誘する立場になりました。塾が三階建てのビルなので、その階段を積極的に上り下りして日々のトレーニングに励みたいと思います。

広夢にメールを送った。

階段おじさん、更新されてるよ。

満足感に浸りながら、パジャマに着替えた。

昼休み、最近は校舎裏のベンチには行かない。新しい秘密基地を見つけたのだ。そう広くはない校舎のなかで、自分たちだけの安らぎの場所ができるなんて、少し前は考えもしなかった。そう、「自分」じゃなくて、「自分たち」。

四時間目の授業が終わると、わたしはお弁当箱と世界史の教科書を、布バッグに入れて、学校の中庭に出た。図書室のある第二校舎に行き、二階に上がる。するとそこには同窓会室があるのだ。横には、カフェのように、丸テーブルが三つ、それぞれに椅子が三脚ずつ置かれている。ＯＢが訪ねて来たとき、ここで談話できるようにと作られたらしい。

でも実際には、ＯＢはそう頻繁には訪ねてこない。だから、この場所はがら空きなことに広夢が気づいて、わたしにも教えてくれた。

昼休み、ここに集まるメンバーは三人。広夢と、わたしと、山本。

山本は別にいらないのだが、この場所の発見者が招待しているのだから、わたしにとやかく言う権利はない。

屋上の近くの階段で頼まれごとをしたとき以外、山本とはほとんど会話したことがなかった。でも、ここで会うようになって気づいた。友達の友達って似てるんだな、ということ。馬の友達はヒツジだった、という感じ。山本も草食系で、人の悪口を言わず、どうでもいいことでけらけらと笑う。

二人はまだ来ていなかった。

わたしは、お弁当と世界史の教科書を同時に開いた。

卓球では集中して練習ができるのに、どうして世界史にはちっとも集中できないのだろう。タクワンの授業を去年、もっと聞いておくべきだった。あのときは、特別枠で入学できると思い込んでいたから。

「お、やってるぅ、やってるぅ」

独特のゆっくりした口調が頭の上から聞こえる。顔を上げると、山本が覗き込んでいた。広夢もすぐ後ろにいる。それぞれ椅子を引き寄せて、わたしと同じ丸テーブルにお弁当を載せる。もっとも、山本はお弁当箱だけれど、広夢は駅の近くのパン屋さんで買ってきたサンドイッチだ。

「無理。教科書をざっと全部読んだけど、意味わかんない。ムガール帝国とティムール朝の区別がつかない」

わたしは教科書をバタンと閉じて、お弁当を食べ始めた。広夢がふふっと笑う。

「地域ごとに区切って、歴史をさかのぼるといいと思うな。ムガール帝国はインド、ティムール朝はイスラム圏だから、場所が違うんだよ」

本人が自覚しているかどうか知らないが、広夢の口調が最近、微妙に変わった。山本がいるからだと思う。わたしに丁寧語を使わず、普通にしゃべるようになった。山本がそうだから、影響されたのかもしれない。

不満はない。むしろ、今みたいに、諭《さと》されるような口調がけっこう気に入っている。でも本人には言わない。

「地域ごとって何よ」

「じゃあ、ヨーロッパから始めようよ。僕もいい復習になるから。まずは古代ギリシャ」

「うむ」

「エーゲ文明が栄える。エーゲ文明は前期と後期で二つに分かれるんだ。前期がクレタ文明。後期がミケーネ文明」

さらさらと広夢はしゃべる。もうばっちり暗記しているらしい。悔しいから、意地でも覚える。エーゲ、クレタ、ミケーネ。続いて、広夢がサンドイッチを食べずに、アテネの話をしてくれる。ドラコン、ソロン、ペイシストラトス。そういや、教科書に、そんなワードが出ていたな。目で見て覚えるより、広夢の声を聞いた方が入りやすい。しかし、

「飯食うとき、頑張りすぎると、消化不良起こすよ」

山本が割って入ってきた。素直な広夢は即うなずいた。

「たしかに、悟志、ありがとな。これは昼休みじゃなくて、放課後やったほうがいいや。瑠衣さん、どっか塾通ってる？」

「ううん」

「じゃあ、放課後、やろうよ。学校で場所見つけられなかったら、どっか喫茶店でも」

「喫茶店でパフェ食べながら！」

また山本が割り込む。

「覚えるまでダメだよ。暗記したら、ご褒美《ほうび》パフェ」

「じゃあ、悟志もな！」

わたしが返すと、山本はにやっと笑う。

「おれ、受験科目は英、国、数なんで。世界史はパス～」

「ちっ、なんだよ」

「三上さんは、英、国、世界史だっけ。最近、世界史の教科書ばっか開いてるけど」

山本は意外とこまやかで、広夢に便乗して「瑠衣さん」と呼ばない。そのあたりも気に入っている。

「ヤバいのは世界史と古文と漢文。英語だけかなー、まあまあやってたのは。世界の選手と戦うなら、英語できないと、って小学生の頃から思ってたからさ」

「すげー」

本当に、生活はすべて卓球を中心に回っていた。

広夢が話題を変えた。

「そういえば、夏休み、タクワン先生に会おうかなと思って」

「え！　なんで！　京都行くの？」

わたしが聞くと、広夢はうなずいた。

「お父さんが住んでる奈良に行こうと思って」

二学期から転校するのかと思って、心臓がバクッと鳴った。

「仕事の邪魔にならないように、一週間くらいのつもりだけど」

「あ、そうなんだ」

ホッとしたのがバレないように、わたしはお弁当の唐揚げを頬張《ほおば》った。

「乗り換えは京都駅だから、先生の予備校にちょこっと挨拶に行こうかな、って」

「わざわざなんで？」

「なんでって」

広夢は微笑《ほほえ》みながら顎をかく。

「久しぶりに会えたら嬉しいし、ブログいっつも読んでるし」

「文章長いって言っといて」

「あはは。もしかしたら関西の大学に行くかもしれないから、情報も聞いてみる」

そう言った広夢を、山本がうらやましそうに見る。

「いいなー、関西の大学かぁ」

わたしはお弁当を見つめた。

この空間が居心地いい。のんびりした人たちと過ごしていると、学校も悪くないなと思う。でも、それはほんのひとときのことで、来年になったら、わたしたちはここを出て、ばらばらになっていくのだ。

俵形《たわら》のおむすびにガブリとかみついた。

13

奈良公園の鹿というと、うろうろ歩き回って、観光客に鹿せんべいをおねだりする画《え》がすぐ思い浮かぶ。でも、実際のところ、夏の間はもっとだらだらしているのだと知った。日陰でまったり座り込んで、こちらを眺めている。こんな暑い日にお出かけっスか、ご苦労様です、とでも言うように。

僕は、二日前から奈良に来ていた。父の家の間取りは２ＬＤＫで、僕はリビングにマットを敷いて、タオルケットを被って眠った。初日は少し腰が痛くなったけれど、それが非日常を感じさせてくれて、かえって楽しい。

夏休みで、学生への講義はないそうだが、父は毎日大学へ出かけていく。論文をまとめたり、来年のカリキュラム組み換えについて話し合ったり、やることはいっぱいあるらしい。母の話題は、一切出ない。

「どこか一日くらい観光に連れて行ってやろうか」と聞かれたので、「受験生だから」と断った。そう言いながら、僕はひとりで東大寺《とうだいじ》や春日大社《かすがたいしゃ》を散策している。中学の修学旅行でも来た観光スポットが徒歩圏内にあるなんて、素晴らしい環境だと思う。ほんの一瞬、こちらに住む自分を想像してしまう。

そしてこれから、京都へ向かう。

近鉄《きんてつ》奈良駅の近くにも、鹿たちがごろんごろんと座っている。個体識別できるようになりたいのだが、毎日入れ替わるのか、まったく覚えられない。

「行ってくるね」

座り込んでいる鹿に向かって言うと、眠そうに見送ってくれた。

駅から京都まで、特急なら四十分もかからない。あっという間に着いた。

ホームに降り立った僕は、くらっと一瞬眩暈《めまい》が起きたかと錯覚した。奈良も暑かったが、京都のこの気温と湿度は、関東では経験したことのないものだった。フライパンに載せられて、じりじりと弱火で焼かれている感じだ。まさにウインナー気分。でも、地元の人たちは慣れているようで、涼やかな顔でさっさと歩いていく。その人波についていって、改札口を出たところで十分ほど待った。ここから動くな、とタクワン先生に厳命《げんめい》されている。京都駅は複雑で、初心者が待ち合わせするにはハードルが高いらしい。

「おお、もう来てたか」

懐かしい声が聞こえた。先生だ。相変わらず肩幅がごつくて、背負っているリュックが小さく見える。ポロシャツにジャージという、学校にいたころと同じような服装だが、ずいぶんと日に焼けて、そのせいか前よりも若い気がしてしまう。

「お久しぶりです。すみません、僕、先生の予備校まで訪ねてもよかったんですけど」

メッセージのやりとりでもそう申し出たのだが、タクワン先生のほうから京都駅を指定してきた。

「いやいやいや、うちの塾に入学する気があるなら話は別だが、ただ遊びに来てもらうにはつまらない場所だからな」

「はぁ」

「ちょっとお茶でも飲むか。京都だけに抹茶《まっちゃ》を」

「はい」

「その前に、案内したい名所があるんだけどな。いいか?」

「あ、はい」

「すぐそこなんだ。混《こ》んでるからはぐれるなよ」

歩きだした先生を追う。連絡通路を離れて、目立たない階段を上っていく。急に人波がぐっと減る。ビルの外に出て、またムワッとした空気に包まれた。

「ここは駅ビルの四階だ。君、私のブログ、よく読んでくれてるみたいだから、これを見てほしかったんだ」

先生がさらに歩いていき、立ち止まった。左方向を指す。広い空間が開けている。

僕は声を上げた。

「うわ、これって……」

ここは巨大船の船底か？　それとも蟻地獄《ありじごく》ってこんな感じか？

長く長く、大きい階段が、ギザギザに尖った壁のように目の前を塞いでいる。中央に手すりがあるが、それを挟んで左右共に幅が広くて、それぞれ十人ほどが手をつないで横並びに歩けそうだった。

まるでピラミッドのような威圧感だ。いや、ピラミッドを実際に見たことはないけれども。階段が途切れた先には、青空が見えている。でも、ビルと階段に区切られた小さな青い欠片《かけら》で、はるか遠くに思えた。

「百七十一段ある。京都駅の大階段といえばここのことだよ」

「あっ」

ようやく合点がいった。僕はこの階段のことを、『階段おじさん』で読んだではないか。

「あの、先生が参加することにしたレースの」

「そうそうそう。うちの母親に、ほぼ強制的に上るように言われた階段。なかなかすごいだろ？　君にぜひ見せたくってさ」

こんなに広い空間なのに、上り下りしている人は数人しかいない。みんな、右横のエスカレーターを利用しているのだ。エスカレーターは途中の八階でいったん途切れて、左右のガラス張りの建物に出入りできるようになっている。

「先生、ここを上るんですか」

「上る、というか、駆け上がる」

「すごい」

僕は、最初の十二段を、トントントントンと小走りに上がってみた。この一区切りの段の先に小さな踊り場があって、一息つけるのだ。いいペースで上がれるかもしれない、と思ったら、先生が、

「悪いが、レースはそんなんじゃない」

と、後ろから駆け上がってきて、僕を一気に抜いていった。

なんと一段抜かしだ。そのまま三つ上の踊り場まで行って、先生は両膝に手をついて、息を整えている。

僕もマネしてみようと思ったけれど、次の踊り場までならともかく、この壁のような階段を一段抜かしし続けることが怖くさえ思えた。

結局、階段を普通に上るよりはちょっと速い程度の駆け足で、先生のもとまで行っ

た。それでもじゅうぶん、ふくらはぎに負荷が来ている。

「このまま、上まで行くのは無理です。歩いていいですか」

「それがいいだろうな」

僕は、こめかみから汗が流れていくことに気づいて、ポケットからハンカチを取り出して拭いた。鼻の頭も、ほっぺたも。

上っても上っても、階段は減らない。ふくらはぎが痛くなっていく。普段、教室のある四階まで校舎を上り下りしているのに、ここの方がきつく感じられるのはなぜだろう。

ようやく、てっぺんが見えてきた。

「よしラストだ」

先生がまた一段抜かしを始める。付き合うしかない。

「ひぃぃ」

と声を上げてしまう。ようやく着いた。大階段はここで終わっているが、右端にはさらに上へ続く階段が続いている。

「あそこは上らないんですか」

「レースはここがゴールだ」

たしかにこの百七十一段目は広いスペースになっていて、さらに突き当たりにドアがある。奥にはデパートのレストラン街が広がっているのだった。ガラス窓をちらっと覗くと、お蕎麦《そば》を食べながらこちらを見ている人と目が合った。

「せっかくだから、もう一回、下に降りて上がってきてもいいか？」

「ええっ」

「普段、通勤のとき京都駅は通らないからな。自転車だしな」

「あ、そうなんですね」

「だから、毎日練習するってわけにもいかなくて、今日は貴重なチャンスなんだよ」

「でも、先生、着替え持ってきてます？」

僕は自分のTシャツをぱたぱた煽いで見せた。僕は白系だが、先生はブルーグレーのポロシャツだから、既に背中にシミができている。

「安心しろ、二枚入ってる」

先生はにやりと笑って、背中のリュックを指さした。

「二枚……とは」

「君のぶんだよ」

「ええっ、僕ももう一回上るんですか？」

「退職前、屋上にいるおれを心配して、付き合ってくれた君じゃないか。階段だって、付き合ってくれるだろう？」

「やります。やりますけども、足がついてきてくれるかどうか」

階段を下りながら、この空間全体を俯瞰《ふかん》して、初めて気づいた。ガラスの通路が、ビルの端から延びていて、空中径路になっている。その先は、ガラスの屋根だ。といっても屋根が覆っているのは、スタート地点の四階の広場あたりまでなので、雨が降ったら階段はほぼ全部濡れるのだろう。

「面白いつくりですね」

見とれながら下まで降りた。返事はなかった。先生には、階段しか見えていない。

「じゃ、今度は行けるところまで本気で駆け上がってみるぞ」

「はい」

「いまさらだが、準備運動をしたほうがいい」

「いまさら!?」

「もう遅いな」

「はい」

これだけ長いと下り応えもある。

「ようし、行くぞ」

そう言い残して、先生は一段抜かしで駆け上がり始めた。置いていかれてなるものか、と同じように追い始めたが、すぐに腿《もも》とふくらはぎが、さっきよりも大きく悲鳴を上げるようになり、僕は二つ目の踊り場で一段抜かしをあきらめた。

疲労は、足し算で溜まっていくのではなくて、掛け算になるのかもしれない。足がぷるぷるっと震える。

歩いて上るだけでも、太腿が反抗する。それは先生も同じみたいで、あと三十段くらいのところから、腿をとんとん叩きながら歩き出しているのが見えた。

「先生、手強いです。階段って」

なんとか辿り着いた。膝を中心に足全体がかくかくと笑っている状態だ。

「いやー、参った、参った。着替えよう。あ、返す心配はいらないからな」

先生がTシャツを渡してくれた。白地にアメリカ五十州がプリントされている。

「変わった柄ですね」

「アメリカに行ったときに買ったんだ。受験勉強に使えるだろう?」

「ありがとうございます。僕、世界史専攻なんで覚えます」

「そうか、もっと歴史Tシャツを持って来ればよかったな。そういうコレクションもいっぱいあるんだ」

この広い空間で、レストラン街のお客さんの視線を感じながら着替えるのは気が引けたが、先生は頓着せずさっさと上半身裸になって、新しいTシャツを着ている。僕もすばやく真似するつもりが、袖に腕を通すのに時間がかかってもたついた。

「ラーメンか蕎麦でも食いたいが、その前に冷たいものを食うしかないな！」

先生はそう叫び、駅構内の目立たない場所にある茶寮《さりょう》に連れて行ってくれた。三人並んでいたけれど、十五分ほどで入れた。抹茶パフェを注文して、冷たい水を一気飲みして、僕は生き返った。

「貴重な経験をありがとうございました」

お礼を言うと、先生はウエットティッシュで顔を拭きながら、

「その貴重な経験を生かしてみないか」

と言ってきた。

「へ？」

「ブログを読んでくれているみたいだから知ってるだろう？　四人で参加するレース、二人足りなくて、探しているってこと」

「え？　あ、はい」

「実は、期待してたやつに断られちゃってさ」

「え、ええっ、その一人を僕にってことですか？」

「そう」

「いやでも、僕、京都市民じゃないですし」

「市民じゃなくたって、全然かまわないんだ。他府県からの参加もいっぱいある」

「あのー、でも一応受験生」

するとタクワン先生は、リュックから手帳を取り出した。

「国立も受けるのかい？」

「いえ、私立文系です」

「レースはたいてい二月の第三か第四土曜なんだ。来年は二月二十七日。どこを受けるか教えてくれないか。もちろん、そこまでに試験が終わっていなければ、無論それどころじゃないから忘れてくれ」

「まだ、志望校を決めてなくて」

「そうだよな。まあ、無理なことを頼んだようだな。教育の仕事についている人間が高校三年生に無茶なことを頼んじゃいけない。忘れてくれたまえ」

「もし大丈夫そうだったら、僕、参加したいです」

沈黙が五秒ほど流れた。

「え！　本当か！」

ちょうど抹茶パフェを二つ運んできた、着物姿の店員さんが、ビクッ！　と一歩退《ひ》くほどの声の大きさだった。

「いやぁ、ノリがいいというか、気持ちのいい男だねえ、君は」

「ノリ……じゃなくて、さっき階段を上ってて、ほんと手強くて。もう少し鍛《きた》えて、また上りたいなって」

「素晴らしいな。君も階段ブログを立ち上げるべきだ。『階段お兄さん』なんてどうだ」

「はは」

それはさすがに遠慮しておこう、と心の中で思う。

抹茶パフェは一口目がほろ苦くて、二口目が甘くて、こんな美味しいものは食べたことがない、というほど芳醇《ほうじゅん》な味わいだった。

「先生、関西で、デジタル系の勉強ができる大学ってどこかオススメありますか」

「デジタル系」

「IT関係のことが勉強できるような」

「関西に来るつもりなのか」

しばし忘れていたことが頭によみがえってきて、汗が引いていく。

「母と離れて暮らそうと思って」

「ああ……そうなんだってな」

「聞いてますか？」

「うん、先生仲間から知らせは聞いたよ」

「今は起訴されて、夏の終わりに裁判があると思います」

「そうか」

もっと話そうかと思ったけれど、せっかく階段を上った高揚感《こうよう》が消えていく気がする。僕は、ガラスの器の中身をせっせとすくった。

先生は、しきりにスマホをいじっていた。しばらく静けさが続いた後、突然、先生は画面を僕に見せてきた。

「この大学、知ってるかい？」

京都経洋《けいよう》大学、と出ている。

「名前は知ってます」

「ここが学部を新設するんだ。国際コミュニケーション学部。そこに、デジタルメディア学科ができるんだ」

「新設って、今年からですか」

「来年入学する生徒が一期生ということになるな」

「へえ、調べてみます。あの、ちなみに」

「ん？」

「足りないのは、ひとりなんですか？　二人なんですか？　あ、レースの話です」

「今のところ、二人なんだ。でも、ひとりはこっちでなんとかするから。あと、もうひとりの小見《おみ》さんもいつか君に紹介したい」

「ああ、Oさんですね」

ブログではイニシャルだった人だ。

「君が本当に来てくれるなら、二月の大会期間、うちの寮に泊まってくれていいから。宿泊費はもちろんただでな」

「寮、ですか？」

「うちの塾、けっこう大規模でな。浪人生用の寮もあるんだ。二月はみんな退寮してるから、空きがある」

「わ、え、それ嬉しい。卒業旅行みたいな感じだ」

「卒業旅行で、未来への階段を駆け上る。いいじゃないか」

「はい」

最後に残ったサクランボを、ゆっくり味わって、種を出した。

14

朝方まで降っていた雨も止《や》んで、薄日が差してきた。

「やっぱり日が差すと、海がきれいだなぁ。きらっきらだ」

はしゃぐまいと努力しているのだが、わたしの声はつい弾んでしまう。

目の前には江《え》の島《しま》があって、わたしたちは歩行者専用の江の島弁天橋《べんてんばし》を歩いている。

足の下を、波が行ったり来たりするのは直接見えないが、平行して走っている車専用の江の島大橋の橋脚《きょうきゃく》なら目の前だ。ざぶっと大波に洗われている。

風が強くて、帽子が飛ばされそうになったので、あきらめてバッグにしまった。おかげで髪の毛が逆立っている。

「うわ、このアングルいいや。海面がさ」

大声を上げながら、山本が写真を撮っている。

「ねーねー、僕と瑠衣さんの写真も撮ってよー」

広夢がリクエストする。

「オッケー」

　山本がいったんカメラを構えて、何枚かパシャパシャやっている。わたしは敢えて、広夢から目を背けて、つんとした顔をしておいた。

「逆光だなー」

　と、立ち位置を変えて、何枚かパシャパシャやっている。わたしは敢えて、広夢から目を背けて、つんとした顔をしておいた。

　実は、山本とわたしは、広夢が奈良からずっと帰ってこないのではないかと心配していたのだ。夏休みいっぱい、あるいは夏休みが終わっても。だから、当初帰ってくると聞いていた日の翌日に、「受験生だけれど夏らしいことしよう」という名目で、江の島日帰り散歩の予定を入れて、広夢に圧力をかけた。

　昨日の夜まで、「やっぱり行けない」という連絡が入ることも覚悟していたのだが、こちらの悩みなど知る由《よし》もなく、広夢は集合場所の鎌倉駅に、「お久しぶりィ」とのんびり現れたのだった。

「二人の写真も撮ってあげるよー」

　わたしは自分のスマホで、ピースサインの彼らを撮影した。

　そんなことをしている間に、長い橋を渡り終えて島に着いていた。もっとこぢんまりとした小さいところだと思っていた。実は、鎌倉に住んでいた頃、一度も来たことがなかったのだ。江の島は陸から眺めるものだと思い込んでいた。

目の前の空間はオリンピック広場というらしい。ここから先、島の中央部に向かって長い商店街がある。お土産物店、海鮮丼の店、さらには温泉やホテルもずらりと並んでいる。江島《えのしま》神社の鳥居が近くなってきた頃、左側にたこせんべいの店があった。たくさんの人が行列を作っている。

「食べたいなぁ」

つぶやくと、男子たちは賛成してくれた。列の一番後ろに並ぶ。

「江の島に来られて嬉しいなぁ。瑠衣さんと山本、どっちが決めたの」

広夢が、ふたりを交互に見ながら聞く。

「わたし」

「やっぱりなぁ、瑠衣さん、素晴らしい。階段があるからでしょ？」

「ん？　階段？」

「あれ、知らないでここを選んだの。それはまた逆にすごいことだな。江の島って階段の数が多くて、日本でベスト10に入るみたい」

「ウソ！　知らなかった」

「僕、本格的な階段マニアだから。階段お兄さんって呼んで」

「は？」

ふふふ、と広夢は目を細める。

「先生に誘われて、レースに出るんだ」

「え？　なんの」

「JR京都駅ビル大階段駆け上がり大会」

「あの、先生がブログに書いてたやつ？　なんで？」

「人が足りないんだって。でさ」

広夢は、わたしを見つめた。

「瑠衣さんも参加してくれないかな」

「え？」

「もうひとり足りないんだって」

「ちょっと待って。あれ、四人参加で二人足りないって書いてあったよね。そのまま増えてないってこと？」

「あの階段はすごいから、誘われた人が慎重《しんちょう》になるのはわかる。僕、見てきたんだ」

「え」

広夢にスマホを見せられた。そびえ立つ階段は、悪夢にうなされそうな迫力だ。せっせと上っているガタイのいいおじさんが映っていて、それがタクワンだとわかって笑ってしまった。

「なんでわたし。この人を誘えばいいじゃん」

山本を指すと、彼はカメラを掲《かか》げた。

「おれは、二人が参加するなら写真担当で行く！　面白い写真撮れそう。てか、いつなの？」

「来年の二月。多分、僕は受験が終わってるから。というか、それまでに終わる大学を受験する」

「あべこべかよ！」

鋭《するど》く突っ込んでおいた。

タコせんべいの順番がようやく回ってきた。巨大なので、三人で一枚買って、割ってシェアした。二人とも気を遣って、わたしに一番大きい欠片をくれた。

食べ終わってから鳥居をくぐる。

島には、一本道の長い階段があるわけではない。階段と平らな場所を繰り返しながら上っていく。多分、以前タクワンが書いていた伏見稲荷と似た感じなのだろうと思う。ぐるっと島を回る階段があって、ついさっきスマホで検索したところによると合計約千三百段あるらしい。有料のエスカレーターが手招きしてくるけれど、広夢はもちろん階段を上る気満々だ。体育会系のわたしが、二人よりも先に音《ね》を上げるわけにはいかない。

「ふくらはぎが死ぬー」

山本が早めに悲鳴を上げ、写真を撮るふりをして、ちょいちょい休憩している。広夢は、せっせと同じペースで上っていく。階段は数十段ごとに踊り場があって、折り返す。数える気にもならないほど長く続く。

最初のゴールとも言える辺津宮《へつみや》の奉安殿まで上ったところで、既に山本の姿はなかった。お参りをした。続いて、さらに上って中津宮《なかつみや》をお参りし、その先の階段を上ってようやく山頂に着いた。

展望台があって、ふたりで海を見つめた。ボートが白い線を海の上に残しながら、猛スピードで滑っていく。

「ねえ、瑠衣さん、本当に参加しない？」

吸い込まれそうな濃い紺色の海を見下ろしながら、広夢が聞いてきた。ここは、友情とは関係なくはっきりしておかなくてはいけない。

「わたしさぁ、申し訳ないいんだけど、そういうマイナーな大会に全力投球、ってできないんだよねえ」

「あ、そんなにマイナーじゃなくて、京都市民以外も、全国から参加するみたい」

おそるおそる、という感じで広夢が答えた。

「そういう意味じゃなくって。わたし、全日本選手権がついこの間まで目標だったわけじゃない？」

「あぁ……」

「全日本チャンピオンは誰になったか、全国ニュースで放送される。卓球やってない人も、結果を気にするような大きな大会。そういうのを目指して生きてきたから」

「そうだよね」

広夢が納得してくれた。我ながら、上から目線の嫌なやつ。でもやりたくないことをやるべきではない、と思った。

「お待たせ～」

現れた山本がたいして汗をかいていないのを追及したところ、

「えへへ、エスカーに乗っちゃった」

途中から有料エスカレーターを利用したらしい。

三人揃ったので、島の裏側の坂を下って行った。こんな辺鄙《へんぴ》なところにも売店やTシャツ専門店や飲食店がある。再び階段が現れた。膝ががくがくしてきているので、手すりに頼った。さらに「舌に気をつけて」という伏見稲荷でのタクワンのアドバイスを思い出す。どう気をつけていいかわからないが、口をしっかり閉じて、あまり弾みをつけて下りないようにした。

島の裏側の岩場に着いた。ぴかぴかとまぶしい海面が目に飛び込んできた。

15

今朝は寒くて目が覚めた。九月に入って、例年ならまだ残暑が厳しい頃だと思うのに、すとんと涼しくなった。タオルケット一枚だとうすら寒い。クローゼットから薄い羽根布団《はねぶとん》を、後で出そう。

僕はコーヒーを淹《い》れてから、学校に電話をした。事務局の人なら、風邪だと言おうと思っていたけれど、担任の小川《おがわ》先生につながれた。

「あの、今日休みます。母の裁判で。判決が出るので」

向こうで、小川先生が息を止めたのがわかった。

「僕は、裁判所には行かないんですけど、一応連絡をもらうことになってるので」

「そんな大事なこと……把握してなくてごめんなさいね」

「いいえ、あんまり広まらない方が僕は楽なので」

「わかりました。いろいろ大変だと思うけど。いつでも連絡してね」

「はい」

先生が「明日は来られそう？」と聞かないでくれてよかった。明日にならないとわからない。

ひとりで卒業まで生活するにあたって、父と約束したのは、どんな状況でも飯はしっかり食べること。だから、僕は、目玉焼きにハムを添《そ》えて、ブロッコリーをゆでて、冷凍庫から食パンを取り出して温めた。立派な朝ご飯だ。ただし、食は進まないので、のろのろ時間をかけて押し込んでいく。ぼんやり見ていた大リーグの試合も終わってしまい、僕はテレビを消して、スマホで音楽をかけた。

家の電話が鳴った。

「もしもし」

弁護士の神部さんからだった。

「お母さん、懲役二年の実刑判決が出ました」

わかっていたことなのに、胸をわしづかみにされた上、ぐっとひねられたような痛みを感じる。

「はい」

「未決勾留日数というのが三十日あって、要するに今まで勾留された日数だね。それは懲役二年から差し引かれる。ただ、執行猶予中の判決だったので、前の判決のときの一年六ヶ月についても、まるまる服役することになる」

「三年六ヶ月、マイナス三十日ですか」

意外と僕の頭は冷静に動いていた。

「そう。仮釈放で少し早めに出られるかもしれないが、三年は刑務所になるかな」

もし受験がうまくいったとして、僕は大学三年生になっている。

「いろいろありがとうございます」

「また連絡するね」

電話は切れた。

キッチンで洗い物をした。ぼんやりしていたらしく、フォークを指に突き刺しかけた。血が出なくてよかった。

父からも電話があり、依存症サポートの会の米田さんからも連絡が来た。

話すたび、実感が少しずつ湧いてくる。これまでだって、勾留されて家にいなかったわけだけれど、なぜだか今、やっと気づいたのだった。母と餃子を食べる日常はなくなったのだ、と。

ソファに寝転がっている間にうとうとしてしまい、インターフォンの音で目を覚ました。

「あ、おばあちゃん」

モニターに映っていたのは、母の母だった。そうだ、昨日、電話がかかってきて今日訪ねてくると言っていたのだった。

そういえば髪の毛がはねたままだ、と気にしながら玄関のドアを開けた。

「あら、広夢くん。眠そう」

にこっと笑って、祖母は白い箱を見せた。

「差し入れよ。千葉から持ってきたから、クシャッとなってるかもしれないけど」

「ありがとう」

こういうところが、祖母と母は似ていると思う。自分が悩んでいても明るく振る舞う。

祖母は、母の所持品の量を確かめに来たのだ。僕が来年の三月、首尾よくどこかの大学に入って引っ越したら、この賃貸マンションは契約解除する。その場合、母の荷物は、祖母のところに送らせてもらうということで、話がまとまったのだった。

もちろん、僕と父と祖母の間で決めたことだ。母がここの家賃を払っているのに、母の意見は入っていない。時々、そのことで申し訳なく感じるけれど、前へ向かわなきゃと思っている。

「段ボール四十箱程度かしらね」

すばやく計算をすませて、祖母はリビングに戻ってきた。

「この絵は、どうしようかしら」

リビングに飾ってある額装された絵を見て、祖母が聞いてくる。みなとみらいの夕景を描いたデジタルアートだ。母が仕事の合間に制作したものだった。

「おばあちゃんのほうで引き取ってもらっていいかな」

いや、ちょっと待て……と躊躇《ちゅうちょ》する心の声を聞かずに僕はそう答えた。息子が自分の絵を大切に持ち歩いている、と母が気づかない方がきっといいのだろう。絵を送る前に、写真を撮っておこう、と思った。

「そうよね、大した絵じゃないもんね」

祖母がそう言うので、苦笑してしまった。

「いや、そういう意味じゃ。絵自体は好きなんだけど」

「そう？　平凡な構図じゃない？　他の絵葉書でもあるでしょ、こういうの。観覧車とみなとみらいのビルと」

「まあ、たしかに」

「あの子が学生時代に描いた絵は、もっともっとよかったわよ」

「え、そうなんだ」

昔描いていたものを、母に見せてもらったことはなかった。

「デジタルも油彩もいろいろやってたけどね。構図が自由で奥行きがあって。たとえば青空に雲がいっぱい描かれた絵があってね。よく見ると、雲の端っこや隙間《すきま》に、翼をもついろんな生きものが顔を出しているの。蝶《ちょう》やトンボやツバメや、天使もね」

「へえ」

「あの子は、才能をどうにかしたくて、クスリに手を出したって言ってたけど、結局その後、才能が劣化《れっか》したとしか思えないのよね。平凡な、人当たりのいいものしか作れない。クスリが、アイデアを出すなんて、妄想か一時的なこと。逆に、脳をゆっくりゆっくり蝕《むしば》んでいく。きっと」

最後は、僕がいることも忘れたような、ひとりごとになっていた。

「そうなんだ……」

みなとみらいのその絵も、僕はいいと思うよ。言い張りたかったけれど、でも祖母の言葉の苦《にが》さに耳を傾けなくてはいけないのだ。僕も母も。

お茶の用意を始めた。

千葉から来たケーキは、やはり箱の端に寄って一部がクシャッとなっていた。それでもクリームたっぷりのショートケーキは美しく見える。

茶葉で淹れた紅茶をマグカップに注いでいると、刑務所や実刑、といった言葉が遠のいていく気がした。パラレルワールド。どちらが現実なのかわからない。

「広夢くん、よかったら毎週、週末だけでも、うちに来ない？　遠いけども、でも二時間くらいで来られるから」

祖母が住んでいるのは、外房の海岸沿いの小さな街だ。海風が心地よい。

「ありがとうございます、でも」

「ああ、面倒を見てくれるカノジョがいるかしら。ご飯を作ってくれたり」

僕は、不謹慎《ふきんしん》にも瑠衣さんを想像し、不謹慎にも笑ってしまう。

「カノジョはいないんですけど、もしいたとして、僕が作る側だと思います」

「あら」

ふふっと祖母は笑った。

「そうよね。娘は料理が得意じゃないし、わたしもね」

祖母が帰って行ったあと、スマホを見たら、その瑠衣さんからメッセージが来ていた。


学校休みだね。夕方どっかでお茶する?

今日が裁判だと、瑠衣さんは知っている。

僕、急坂で階段トレーニングやろうと思ってます。付き合ってもらえませんか?

一日限定でワガママが許されるかと思い、僕は返信してみた。すぐに返事が戻ってきた。

オッケー。

日ノ出町駅の改札口で待っていたら、制服姿の瑠衣さんは、中からではなく外から現れた。

「桜木町駅から歩いてきた。学校から帰るとき、京急って乗り換えしづらいじゃん？」

と言う。たしかに、ＪＲ京浜東北《とうほく》線から京浜急行に乗り換えるためには、いったん横浜駅へ出なくてはいけないので回り道になる。

「学校から歩いてきたのかと思った」

「ううん、もう無理。体力ないもん」

瑠衣さんは手を左右に大きく振った。

「さ、じゃあ行きますか。急坂」

駅の裏側の路地に出て、しばし歩く。

「ねえ、もともと住んでたマンションってこれだっけ」

瑠衣さんが真横の建物を指さす。

「うん、そう。でもうちの父、売るって言ってた」

「え？」

右に折れて坂を上る。目の前に長い階段が現れた。

「将来、奈良から戻ってきても、ここに住むのはもうつらいから、って。今、人に貸してるんだけど、ローンも払い続けてるし」

「トランクルームは？」

「今度、父が横浜に来たときに撤収する予定」

「そうか……。いつか、ご近所さんになれるかと思ったのにな」

不意に、肩に温かいものを感じた。瑠衣さんが、手を伸ばしてくれている。

「せつないけど、ガンバ」

「ありがと」

僕は、このまま黙っていると涙が出てしまいそうだから、上を指さした。

「これが急坂」

「坂じゃなくて、階段じゃん」

この急な斜面にはあちこち階段があって、ここは特に長い。

僕は上り始めた。一段一段が幅広くて、なんとか一段抜かしはできるにしても二段抜かしは厳しい。

「ここに住んでた頃、時々上ってたんだ。てっぺんにお蕎麦屋さんがあるから」

「あ、そうなの？　わたしんちからも遠くないけど、全然知らなかった」

途中まで上ったところで、僕は立ち止まり、階段の手すりのそばにある石柱を見せた。

「ほら、これ」

「え！　急坂って書いてある。ここ、名前が急坂なんだ。ウケる」

「でしょ」

振り返ると、伊勢佐木町のビル群が遠くに見える。日中よりも実は夜のほうがきれいだ。ただ、坂の上に住む人たちの通り道になるので、朝晩はかなり人通りが多く、トレーニングすると迷惑がかかる。

「ちょっと行ってくるね～」

僕は石柱より先の階段を一段抜かしで一気に上った。股関節《こかんせつ》が開くトレーニングになるかもしれないと思って、図書館の帰り、時々寄っているのだ。

てっぺんまで行って振り返ると、瑠衣さんが途中までゆっくり歩いて上ってきていた。

「ちょっとアスリートっぽかったよ。ふくらはぎとか前より筋肉ついた？」

「え！　ほんと」

ほめられて僕はにやにやしてしまう。

「知らんけど」

「階段って、実はかなり奥が深いみたいだよ。階段垂直マラソンなんて、世界的な大会があるらしい」

「そうなの？」

「千段とか二千段の階段を一気に上っていく」

「二千段のまっすぐな階段がどこにあるの？」

「まっすぐじゃなくてジグザグ」

「ん？」

「ほら、ビルの非常階段」

「ああ」

「香港《ホンコン》とか中国の。香港のビルは高さ五百メートル近くあって、そこを一気に上っていくんだって」

「それってさぁ」

瑠衣さんが僕を見据《みす》える。

「階段の大会はマイナーだから興味ないって、わたしが言ったことに対して、反論の意味で言ってる？」

「いや、えっと、まあ。えへへ」

さすが鋭い。僕としては、まだ京都のレースに瑠衣さんも、という野望をあきらめきれないのだった。そこまで見通して、瑠衣さんは言う。

「大会は参加しないよー。自分の運動能力を今後どこに投入するのか、今、大事な考え時なんだから」

「ハイ」

「悩んでる間にどんどん身体《からだ》は劣化していくのに、って思ったでしょ」

「いえ、思ってない」

「体脂肪も体重も増えてるよ。目的がなきゃ節制なんてできないよねー」

見た目はまったく変わらずほっそりしている瑠衣さんがそう言うので、笑ってしまった。

「じゃあよかったら、暇《ひま》つぶしにまた僕の階段上り、付き合ってください」

言いながら僕は、でも実は瑠衣さんも一緒だと、練習にならないと思っていた。自分だけ汗だくになると、匂いが気になるから。ひとりならこの階段だって、十往復くらいダッシュするのだけれど。

「そしたら、かわりに古文教えて」

「お安い御用です」

僕は、古文がそう得意ではないことを思い出しながら言った。瑠衣さんに教えるために勉強しよう。土曜日は図書館で落ち合う約束をした。

16

担任の小川先生に連れられて、校長室の隣にある応接室の前に立った。

「お客様はこちらにいらっしゃってるの。ひとりで本当に大丈夫？」

先生が小声で聞いてくる。

「はい」

「じゃあ、最初だけ立ち会うね。何かあったら、すぐ教員室に知らせてね」

そう言って、先生は扉を開けた。中にいた女の人が立ち上がった。わたしよりも小柄だ。女子大から来たというから、紅里先輩のようなおしゃれな人を想像したが、違った。髪をぎゅっと後ろにおだんごにして、化粧っ気がなく銀縁の眼鏡をかけている。眼光が鋭い。幼い頃、動物園に行って、トラににらまれたときのことを思い出した。

名刺《めいし》を渡された。香林《こうりん》女子大学。もちろん名前は知っている。紅里さんの通っている律栄《りつえい》女学院が古くからの卓球の名門である一方、香林は、五年くらい前からよく名前を聞くようになってきた新興だ。

「全日本であなたの活躍を見たんです」

　さっそく相手が話し始めたので、わたしは大学名ばかり気にして、名前を見ていなかったと名刺を確認した。「監督　古村《こむら》志《し》穂美《ほみ》」とある。

「あなたの、総合的な運動能力の高さ、センスの良さ。まだまだ伸びると思って。でも、ダブルスの相手が律栄でしょう？　だからあなたもそうなのかと思ったんだけど、でもそうじゃないかもしれない。うちに来てもらえる可能性、聞いてみなきゃわからない。それで、田浦卓球場に連絡しました。そうしたら、あなたが引退したっていうから仰天してしまって」

　わたしはただ、黙ってうなずくしかない。

「卓球をやるやらない、という用件であなたに橋渡しするのは難しいって言われて、だから学校に連絡させていただいたの」

　おかげで、学校側にバレた。校内の卓球部に所属しているわけではないから、引退しても誰も気づかないはずだった。なのに、この人のせいで、小川先生が心配顔で話しかけてきたし、校長先生にも声をかけられた。

　そんな気持ちが顔に出ていたらしく、古村さんは頭を下げる。

「ごめんなさいね。迷惑だったかもしれないけれど、あきらめきれなくて」

　その言葉が、わたしの胸に染《し》み込んできた。自分で自分のことをあきらめていたのに、初対面のこの人があきらめきれなかったと言ってくれている。

いや、わたしだって、小川先生に頼んで断ってもらうことだってできたのに、あきらめきれないからこうやって面会に応じたのではないのか？

「どうして引退してしまったの？　個人情報だからって、そこのところ、田浦卓球場では教えていただけなかったの」

わたしは手短に説明した。手短すぎたかもしれない。

「イップスです」

相手は驚いた顔をして、いくつか質問をしてきた。わたしは経緯について話した。

「そういうことだったのね……。少し勘違いしていた。あなたが、コーチかチームメイトと仲違《なかたが》いしたのか……そういう人間関係だと思ってたの」

どんな想像や、と心のなかで突っ込む。わたし、そんなに仲違いしそうな外見だろうか。

彼女は身を乗り出した。

「イップスならわたし、少しは手伝えるかもしれない」

「え？」

「息子が野球部なんだけど、あ、今は高校生。中学生のときに、イップスになってね」

「え……あ？　てことは、今も野球を続けてるんですか」

「そう。治ったみたいなんだよね」

「そ、それはどういう」

「わからないんだけど、環境を変えたの。中学はクラブチームで、高校は自由な校風の、そんなに強くない野球部を選んでね。楽しみながら、って」

田浦卓球場がいけないのだと、この人は言いたいのだろうか。

「でもわたし、田浦卓球場は小学生のときから通ってて」

「うちの息子も、小四のときにクラブチーム入ったの」

「え……」

つまり、同じ環境で何年もやっていて、それで突然イップスになることがあるのか。

「結局、何が原因だかわからないんですか？」

いつの間にかわたしは、ソファに浅く腰かけつつ前のめりになっていた。

「後から思えば、コーチが替わったのよね。その人と合わなかったみたい」

「そうなんだ……」

「あなたも、原因、わからないかもしれないけれど、探ってみたらどうかしら」

「え」

「もし、うちに来てくれるようであれば、面接と簡単なペーパーテストを秋の終わりに。特待生《とくたいせい》入学枠もあるけれど、今のお話聞いてると、やっぱり続けられない可能性もあるし、ご自分のために特待生じゃないほうがいいかもね」

「うーん」

特待生でないことに不満があるわけではなく、とにかく急展開についていけないだけだった。もう卓球のことは忘れよう、忘れようとしていた。最近、やっと田浦卓球場のホームページに毎日アクセスする癖も、直りつつあったのに。といっても、まだ週に一度は見てしまうけれど。

「また連絡します……秋っていつですか。試験」

前向きな言葉が出て、自分でも驚いた。

「十一月になります。なので来月には、受験するか確定してもらわないと」

事務的な口調に戻って、古村さんは言う。わたしはぺこっと頭を下げた。

現実味がない。懸命に締め出した卓球がまた戻ってくる日々を、安易《あんい》に想像してはいけない、と頭が警戒している。

けれど、この人の息子さんがイップスを解決したのだったら……胸がざわめく。

応接室を一緒に出て、正面玄関まで送った。いったん教室に戻って荷物をまとめてから、図書室の二階にある秘密のランチスペースに行った。今は放課後なのだが、わたしたちは時々ここに顔を出して、ひとりなら自習をし、二人か三人ならぺちゃくちや雑談をすることがある。

広夢と山本は、今日はいるはずだ。

なぜなら、大学のスカウトらしき人が勧誘に来ると、あらかじめ伝えておいたから。

二人とも心配してくれていた。

階段を上ると、彼らは同じ丸テーブルを囲みつつも、おしゃべりせずそれぞれテキストに向き合っていた。

「よっ」

声をかけると、まず広夢がこちらを見た。

「あ、瑠衣さん、どうだった？」

その微笑みを見た瞬間、わたしは安心してふくれっつらになった。言いたいことを、なんでも吐き出せる相手。横の椅子に座った。ようやく山本が顔を上げた。

「面会、おつかれ」

「聞いてよー。なんかさぁ、まさか、もしかして、って思ったけどやっぱりでさ。本当にスカウトされたの。引退してるのに！」

やはり面会の間、相当の緊張とストレスがあったみたいだ。口調が甘えていて、我ながら恥ずかしくなる。

「すごい。その人、『引退しちゃダメ』だって？」

広夢のほっぺたのえくぼが深くなる。

「イップスだ！　って言ってんのに。そうなったのには原因があって、解決できるんじゃないかって。古村さんっていう監督さんなんだけど、その人の息子は治ったんだって。そう言われたらしょうがないから、過去の自分の映像、見てみようかと思って」

「映像、あるんだ！　僕も見てみたいな」

「え、広夢が？　なんで」

「だって、瑠衣さんが卓球してるの、ちゃんと見たことないし」

「そっか。じゃあ、動画のURL送るよ。全日本選手権のダブルスは、最初から最後まであるから」

「お、ありがとう！」

わたしは丸テーブルの上に、ぐんにゃりと上体を乗せて突っ伏した。

「ひどいと思わない？　人が必死にあきらめようとしてるのにさ、ぐちゃぐちゃにかき回しに来て、言うだけ言って帰っちゃう」

「よしよし」

広夢の手がわたしの頭に触れて、なでなでしてくれている。そんなことどうってことないんだ、と無反応に見えるよう顔をテーブルに向けたまま、ぐんにゃりし続けながら、指の動きを触覚《しょっかく》全開で追いかけていた。

17

「奥貫広夢です。よろしくお願いします」

ビデオチャットは友人としかやったことがない。知らない人と話すのは初めてだ。

画面には、タクワン先生と一緒にレースを走る小見さんが映っている。七十歳に近いとブログで読んでいたので、白髪で、少し背中が丸まっていて眼鏡をかけていて優しそうな、絵に描いたようなおばあさんを想像していた。

小見さんは、真逆だった。金色に染めた長い髪は、全部地毛だとしたらボリュームがありすぎる。それぞれの毛先がくるくるカールして自己主張していてライオンのたてがみみたいに顔の輪郭を縁取っている。

もうひとり、タクワン先生も映っているのだが、小さく見えた。

「小見直子《なおこ》です。京都に住んでるけど、たった三十年やから外様《とざま》やね。もともとは大阪生まれで、実は長い間、東京にもいたから標準語話せますの。ほほ。こういう人、よう銀座歩いてるやろ？」

自己紹介だけでもじゅうぶんに濃い。

もうひとりのチームメイトはまだ決まっていない。けれど、そろそろチームとしての結束を強めて行かなくてはいけない、というタクワン先生の発案で、この三人のビデオチャットが実現した。

「奥貫くん、すまん。あと一人は、もうすぐ決まりそうやから、待っててや」

京都で会ったときは普通に標準語だった先生が、関西弁になっているのは、小見さんの口調に影響を受けているせいだろうか。

「へえ、どういう方なんですか」

「うちの予備校の事務をやってくれてる女の子や。二十二歳で、好奇心旺盛《こうきしんおうせい》で、楽しそうやって興味持ってくれて」

「スポーツ歴は？」

と、小見さんが聞く。

「いや、高校時代はバンド活動やってたらしいです。ハードロックやってたいうから、ぴょんぴょん跳《と》びはねる力はありそうやな」

ははっ、と先生が笑うから、僕も一緒に笑っておいた。そんなときも仏頂面《ぶっちょうづら》の小見さんは、少し怖い。

「今日は、まあ、顔合わせなんやけど、小見さんにちょこっとトレーニングのアドバイスなんかをね、いただけたらと思って」

タクワン先生が言うので、僕はうなずいた。

「よろしくお願いします」

「大階段は実際に見たことあるんやね？」

小見さんが聞いてきた。

「はい。先生と夏休みに会ったときに、見ました。二回上りました」

「どやった？」

「一度目はともかく、二度目はきつかったです」

「高低差は約三十メートルあんねん」

「三十メートル」

「走る距離は、七十メートルやけどな。普通にグラウンドで七十メートルの直線距離を走るゆうたら、大したことないやろ？　けど、同時に三十メートル駆け上がるとなると、とんでもなく大変な競技になる」

「は、はい」

漠然と「きつかった」と感じた理由が数字で示されて、僕は姿勢を正した。

「奥貫くんは、階段をたくさん上った後、どこの筋肉が痛くなる？」

「えーと……そうですね。ふくらはぎと、それからえーと……太腿の前の方かな」

京都大階段を上ったときの感触を思い出しながら、答える。

「あー、それはね、上体を反らして上ってるんやな」

「え」

「姿勢が良すぎるのかもしれんな。歩くときはそれでもええ。むしろ、高齢者なんかは上体をまっすぐにするのが膝を痛めない上り方やねん。けど、走るんならもっと前傾姿勢を取らないかん」

「はい」

「階段を駆け上がるときに大事なのは、ずばり、おしりとお股や」

「お股……」

「まず、おしりな。階段を駆け上がるとき、一番使うのは大臀筋《だいでんきん》。あと、太腿の裏側のハムストリングスや」

「ああ」

ハムストリングスは、水泳をやっていたときに、コーチの口から聞いたことがあった。

「大臀筋を強化するトレーニングの動画、インターネットに出てるから見てほしいなぁ」

「ああ、じゃあ、後で私がＵＲＬを奥貫くんに伝えますね」

タクワン先生が割り込んできた。

「よろしくね。ああ、送るだけやなくて、曜太朗くんもしっかり見るんやで」

ヨウタロウ……誰のことかと思ったら、タクワン先生は高桑曜太朗という名前なのだった。

「でな、お股のほうやけど。要するに股関節や。あの大階段は、ケアゲが広いから――」

「ケアゲ？」

知らない言葉が入ってきて、僕は思わずつぶやいた。

「ああ、ケアゲ、知らんか。階段ランナーは知っておいて当然の言葉やから覚えといてや。階段の段差の部分のことや」

「あ、はい」

「ちなみに足で踏む部分のことはフミヅラという」

「は、ちょっと待ってください」

電子辞書を引っ張り出して、あわてて検索した。「蹴上《けあ》げ」と「踏《ふ》み面《づら》」であることがわかった。

「京都大階段は、踏み面も蹴上げも、それなりの長さやから、二段抜かしとなると、足をしっかり開かねばならへんやろ。それも一回だけじゃなくて、百七十一段、上り切ろうと思ったら」

「そうですねー、僕は二段抜かしは無理だと思いました。下見したとき。一段抜かしが精一杯かなって」

「そらぁ、残念やな。君みたいな若い男子が出場すると、二段抜かしが多いから、みんなが期待して見るんやけどなぁ」

「そ、そうなんですか!?」

「タイムも二十秒台やな」

「えっ、百七十一段を下から上まで一気に上って二十秒台が普通なんですか?」

「いや、普通はもっとかかる。ただ、二十代の男子に限っては三十秒以内で走る子が多いから、みんなが期待するな」

もしかしてとんでもないところに足を踏み入れてしまったのではないだろうか。今すぐ辞退してチャットルームを退室する……という弱気な選択肢を思い浮かべたが、僕はそれを言い出せないほどに超弱気なのだった。

大階段を走ったときのことを思い出す。踊り場でストップして、息を整えなければ上り切れなかった。しかも、二段抜かしどころか、一段抜かしと普通歩きを混ぜて。大会まで五ヶ月で、改善していくことはできるのだろうか。一応受験生なのだが。

「階段のトレーニングって、そんな一日中やらんでもええねん」

僕の怖気づいた様子は、画面越しに伝わったみたいで、小見さんの声が優しくなった。

「学校と家の往復で通る階段をなるべく使うこと。あとはお気に入りの階段を見つけて、準備運動をしてから、一日五往復くらいしてみること。姿勢に気を付けて、大臀筋を意識してな。二百段でも、駆け上って休んでゆっくり下りて五回繰り返してで、三十分もかからんやろ」

「あ……そっか」

反町駅の階段か、もしくは日ノ出町の「急坂」か。あるいは学校の校舎の外階段でもいいかもしれない。

「イヤになってしまったらアカンから今日はこのくらいにしとくわ」

「はい」

僕よりも、タクワン先生の方がホッとしているのがわかった。

「要するに、階段っていうのは誰でも上れる、ありふれたもんやけど、意外と奥が深いんや」

「はい」

画面でもわかるように、僕は大きくうなずいた。

「わたしはな、わたしなりに頑張ってるけど、もう女子のトップも狙えへんし、シニアのトップも狙えへん」

「は……」

そんなことないですよ、と否定するには、小見さんのこともレース参加者のことも知らな過ぎた。

「女子は世界陸上に出場したアスリートがおんねん」

「えっ」

「シニアの部も、世界マスターズ陸上でメダル取った男性がおるし」

「な……そんなすごい人たちが」

聞いてないよー！　と叫びたくなる。

「だから、個人の部では一番になれへん。それでもチームみんなで力を尽くして、総合十位までに入賞したいって思ってる。去年もそう思いながら頑張ったけど、順位は下の方やった。全員、七十前後のおばあさんだと、走ってるだけで奇跡みたいに言われて、ちやほやされて。ま、それも悪くなかったけど、今年はほんまに上の方に行きたいねん」

「はい」

「だから、曜太朗くん、スポーツやったことない女子がおふざけで走るのは困るんや。さっき言うてた子、走るなら本気でわたしらの仲間に入ってほしい」

タクワン先生が、ぽりぽりと首から胸のあたりを掻《か》きながら、

「はい、はい……伝えます」

と居心地悪そうにうなずいている。

「ほんなら、さいなら。またね」

チャットは終了した。僕の目の前では、電子辞書がまだ「踏み面」の意味を示している。

階段についての知識が劇的に増えたよ。瑠衣さんにメッセージを送ろうと思って、僕は先に向こうから届いていることに気づいた。

昨日話した動画のURLを、瑠衣さんが送信してくれていたのだ。

それを見ないと連絡できないな、と思って、僕はタブレットを立ち上げた。母と共用でリビングのテーブルの上にいつも置いてあったものだが、今は自分の部屋に持ってきている。

リンク先を開いた。

全日本選手権の試合の様子を、誰かが撮影したものだ。

田浦卓球場　逸見紅里　三上瑠衣　—　高郷大　大山純菜　村上圭子
画面にそんなテロップが出て、ダブルスの試合が始まった。

決して変な意味ではなく、瑠衣さんの筋肉質な体に見惚れてしまう。特に、締まった細い足首からしっかりとしたふくらはぎまでの線。

相方の逸見《いつみ》さんという人は、瑠衣さんよりも慎重に一球一球打っているイメージだ。ミスは少ないが、攻撃をしかけているのは瑠衣さんに見えた。

階段もいいけど、卓球もいいなぁ。瑠衣さんに、田浦卓球場へ誘ってもらった日のことを思い出す。あのとき、もし足を踏み入れていたら僕はやっていたのだろうか。もし始めていたら、瑠衣さんが卓球から離れた今、僕はどうしていただろうか——。

いつの間にかリードされた。コーチがタイムを取って、瑠衣さんが逸見さんに何か話している。聞こえるかと思って音量を上げた。

あっという間にタイムが終わって、今度は瑠衣さんのサーブだ。

瑠衣さんが左の手のひらにボールを乗せたところで、

「あれ？」

僕は巻き戻した。舌打ちが聞こえた気がしたのだ。

その直後、瑠衣さんはサーブを打てなくなった。

誰の舌打ちだろう。

僕は何度も何度も、動画を繰り返し見た。

18

舌打ち。

舌打ちって何。

広夢から連絡をもらって、わたしは急いで映像を見返した。本当だ。チェア、という感じの微《かす》かな音が入っている。でも、会場にはわたしたちと相手チームだけでなく、他の試合に出場中の選手が大勢いて、さらに観客も大勢いて、誰の舌打ちかはわからない。

わたしは、久しぶりに田浦卓球場のホームページにアクセスした。新しい動画がいくつかアップされていた。東京のクラブチームとの対抗戦。公式戦ではなく練習試合だ。紅里先輩と尾津さんのダブルスの試合もあった。

息を詰めて、ひたすら見る。終始リードしているから、この試合では舌打ちの出る幕もないか、と思ったときだった。ゲームポイントで、相手がサーブの構えを、紅里さんたちがレシーブの構えをしているときに、舌打ちが聞こえた。

ただし、誰が言っているのか、こちらもわからない。

尾津さんなんじゃないかな、とも思う。

さらにホームページを遡るうち、懐かしい映像を見つけた。三年前のクリスマスにやった、田浦卓球場のOBと現役生の男女別シングルスのトーナメント戦だ。OBが賞品を持ち寄ってくれたので、勝っても負けても何かしらもらえた。

決勝は、わたしと紅里先輩だった。もちろん紅里先輩が勝つのだが、ゲームカウント3―2と、いいところまで追い詰めることができたのだ。

長い試合だけれど、ぼんやりと見つめてしまう。

1ゲーム目は紅里先輩が取って、2ゲーム目はわたしが10―8でゲームポイントを握った。

そのとき、舌打ちが聞こえた。

やはり、紅里先輩だったのか。でも、ダブルスではないのに。もしかして、パートナーや敵に対して怒っているのではなくて、自分を叱咤《しった》しているのだろうか。

誰でもそうだと思うけれど、人の耳は必要な音を選別する。卓球をやっているとき、球が台ではねる音、ラケットに当たる音、シューズがこすれる音などは常に耳に入るが、空調の音がうるさくても、外を救急車が走っていても聞こえない。

わたしにとって、紅里先輩は、多少不満はあってもやっぱり尊敬《そんけい》する人で、一緒にダブルスを組みたい相手だ。その人の品のない癖は、耳が聞こえないふりをしていたのではないか。

でも、実際には耳に届いていた。全日本選手権二回戦、極度に緊張している中で、わたしの耳は、舌打ちの音を拾った。そして、潜在的《せんざい》に、紅里先輩がとても怒っていると解釈《かいしゃく》した。それで、手が動かなくなった、ということはあり得なくないのではないか？

長く卓球生活を送っていると、横浜、東京界隈の体育館の多くが馴染《なじ》みの場所になるし、練習試合をする学校やクラブチームの拠点も、見慣れた風景になっていく。だから、初めての場所に来ると、天井の高さや床の色、何もかもが新鮮で見回してしまう。

「ここ、卓球専用の体育室なの。だから常時六台、置きっぱなし。放課後以外も、講義のない時間や朝なんかに、自由に練習できるのよ」

そう解説してくれるのは、古村志穂美さんだ。この間、うちの学校に来て、スカウトをしてくれた監督。

「先輩の舌打ちがもしかしてイップスの……」と推理を伝えてみたら、とにかく一度うちの大学に遊びにいらっしゃいよ、と誘われたのだった。

投げ上げサーブも思う存分できそうなほど、天井が高い。端の卓球台の横にはマシンがあって、ひとりでもレシーブ練習ができる。

「こんちはー」

立て続けに三人、女性が入ってきて、わたしは固まった。みんな、ピンクや黄色などそれぞれ色とりどりのTシャツに、下はトレパンだ。

「これから、放課後練習なの。あなたも着替えて加わってみる？」

古村さんの目はわたしのでかいスポーツバッグに向いていた。念のためラケットケースや練習着やシューズを入れてきたのだった。

「はい」

もっと気の乗らないふりをしようと思ったのだが、やっぱり卓球をやりたい気持ちが勝ってしまう。更衣室はどこかと、首を左右に振った。

「ちょっと誰か、案内してあげて」

そう古村さんが言うと、ショートカットの人が近づいてきた。

「こっちだよ」

「あ、はい」

並んで歩き始めると、質問された。

「高校生だよね」

「はい」

「来年、うち来る？」

「まだ決まってないんです。今日は、一度遊びにおいで、って」

「へえ。でも、来る気がするな」

「そうですか？」

「あ、わたし、ゆーちゃんってみんなに呼ばれてるから、そう呼んで」

いきなり先輩にゆーちゃん、はさすがのわたしでも言えない。なかなかざっくばらんな人だ。女子大はもっときめ細かな、逆に言うとうるさい感じの人が多いのかと勝手にイメージしていた。

「三上瑠衣と言います」

「じゃあ、みかみん、って呼ぶね」

「は、はい」

更衣室はうちの学校や田浦卓球場と違って、おしゃれな空間だった。縦長のロッカーの一つ一つに細長い鏡がついているし、洗面所も併設されているし、ほんの数分いるだけでも居心地よく感じた。

ゆーちゃんさんは、自分のロッカーから制汗剤を出して、つけている。

「みかみんは、きっと強いんでしょ」

「えっと、それほどじゃ」

「うちの学校に来たら、いきなりエースかもしれないなぁ」

そんなに弱い大学だったっけ、と考えて返事を忘れていると、ゆーちゃんは続けた。

「でも、先輩がもし物足りなくても大丈夫だよ。志穂美先生が教えてくれるから」

「えっ、古村さんって」

「高校のとき、インターハイで準優勝してるよ。シングルスで」

「えっ！」

オーラがないですよね、と言いそうになって、あわてて、

「オーラを消してますよね」

と言い換える。

「うん、あの人、女子校出身だから、化粧っけなくて地味に見えるけど、ほんとはすごいから」

「女子校って、化粧っけないんですか」

「女子ばっかの集団って、おしゃれしても意味ないから、みんなワイルドだよ」

けらけら、とゆーちゃんさんは笑った。たしかにゆーちゃんさん自身、ネイルも塗ってないし、メイクもほぼしていない。

フロアに戻ると、さらに三人増えていた。ぺこりと挨拶をすると、古村先生に呼ばれた。

「じゃあ、ゆーちゃんと打ち合ってみて」

指導者の先生まで、気軽にゆーちゃんって呼ぶのか。どんどんこの卓球部が気に入ってきた。

ゆーちゃんさんが何年生だか知らないまま、打ち合いを始めた。シェイクハンドのドライブ型。パワフルな上回転を繰り出してくる。

不意に涙が出てきそうになる。ラケットにボールがコツンと当たる感覚がやっぱり好きだ。腕の動き、足の動き。意識していなくても、体が勝手に動く。サボっていたから、今夜は筋肉痛かもしれないけれど。

「あの！」

勝手に声が出ていた。

「練習試合やってもらえませんか？」

「いいよぉ」

ゆーちゃんさんはそう言ってくれたけれど、古村先生が早足でやってきた。

「まだ急がなくってもいいんじゃない？」

「はい、でも」

待ちきれなかった。事情を知らないゆーちゃんさんは、先生がわたしの自信喪失を心配したと思ったみたいで、

「大丈夫ですよぉ、先生。この子、とっても強そうだもん」

と、フォローしてくれている。

「本気でやるなら、わたしが審判ね」

古村先生が、台の横に立った。本格的に練習をし、じゃんけんをして、ゆーちゃんさんがサービスを選んだ。わたしは、まずは二球、レシーバーだ。

「あ、あの子、試合やるみたい」

周りが注目して、集まってくる。本当の試合の雰囲気を感じて、胃がキュッと縮まったように思う。

「ファーストゲーム、イイノ、トゥ　サーブ　ラブオール」

ゆーちゃんさんはイイノというのか。わたしは古村先生のコールを冷静に聞いていた。

謙遜《けんそん》するから弱いのかと思ったら、やっぱりゆーちゃんさんは強かった。

最初はわたしがレシーブエースを取ったものの、次は、ゆーちゃんさんが三球目で上回転に横回転も混ぜてきた。鋭い球を返しきれなかった。

さあ、次だ。わたしのサービス。

構えた。投げた。
ラケットを引いて……打てた。
しかもサービスエース。
一瞬、古村先生と目を合わせた。しかし、先生はすぐ審判の顔に戻った。
「ツー、ワン」
わたしは再びサービスの構えに入った。

■あきらめない階段

こんにちは。秋分の日です。朝夕の気温が、涼しいを超えてやや寒いくらいになってきましたね。

さて、以前、京都大階段駆け上がり大会に参加する旨、ご報告しました。その後、ずいぶん間が空いてしまいましたが、どうなっているのか近況報告をしようと思います。実は、まだメンバーが確定していません。少し前に4人がほぼ固まったのですが、方向性の違いで1名降りることになりました。

あまり詳しくはお話しできませんが、要するに、勝敗にこだわるか楽しく参加するか、という違いですね。

そもそもレース自体、参加の動機・目的はさまざまで、優勝を目指すアスリートから仮装に一番力を注ぐチームまでいろいろいるそうです。その中で我々は、リーダーが元アスリートということもあり、本気で頑張れる人のチームであろうということになりました。

レースのエントリーは12月なので、あと2ヶ月半。今は、チームのメンバーの近縁の方を中心に声をかけています。無事に発足しましたら、またご報告します！


「階段おじさん」ブログをしばらく忘れていて、見たのは久しぶりだった。秋分の日にアップされた記事だが、つまりもう一週間前になる。

あわてて書いても、ほんの数分、数秒しか変わらない。けれど、わたしは急いで、全力でスマホの画面をタップした。

ブログのコメント欄ではなく、メッセージ欄を開く。


まだメンバー決まってなければ、わたし、お手伝いできるかと思いますがどうでしょう？　紫リンゴ、こと三上瑠衣。

あまりに短いと気づいて、付け足した。

実は、チームに参加している奥貫広夢くんに借りがあるのです。卓球生命が絶たれるところだったのを、彼が救ってくれたとも言えます。実は前から誘ってもらっ

ここまで書いて、送り先が違うことに気づいた。

全部消して、一から書き直す。さっきより短い文になった。

階段レース、メンバーまだ足りないみたいなら、手伝ってもいいけど？

宛先は広夢。親指に力を入れて、ビシッと送信した。

19

大きな雲がいくつか浮かんでいて、時折、太陽を隠す。江ノ電の長谷駅で、僕と山本は、瑠衣さんの到着を待っていた。

「あ、来た」

たくさんの観光客のなかに瑠衣さんが見えた。僕は精一杯手を伸ばして、合図した。

「みんな早いね。わたし、時間前かと思った」

「一本前で着いたとこだよ」

そう言いながら、僕は瑠衣さんの様子を窺《うかが》った。いつも通りに見えるけれど、でも、きっと何かある。

ちょっと話がしたいんだよね。今じゃなくて、来週末くらい。

先週の昼休みにそう言われたのだ。それで僕が、鎌倉で会うことを提案した。ここに気になっていた階段があるから。

三人でどこかに出かけるのは江の島以来だった。「話がある」がとても気になるけれど、でも聞きたくない気もした。

やはりチームを降りる、という話しか考えられなかった。

二ヶ月前の九月、瑠衣さんは突然スマホに、「階段レース、メンバーまだ足りないみたいなら、手伝ってもいいけど？」とメッセージをくれた。僕は狂喜乱舞《きょうきらんぶ》して、先生にそれを伝え、めでたく四人のメンバーが決定した。

あれから、オンラインで小見さんとも顔合わせをしたのだけれど、もしかして、相性《あいしょう》が悪かったのではないか。女性同士の人間関係はよくわからない。前に、タクワン先生が連れて来た、バンドをやってる女子は、やる気がなさすぎて小見さんからクビを言い渡されてしまったし。

それとも、もしかして留学するとか、何かあるのだろうか。最近、世界史の勉強をやらなくなった。古文や漢文の教科書を開いているのは見ることがあるのだが。

それでも、ひとまずそんなことは忘れたいほどに、風が心地よい。僕らは線路沿いの路地を歩いていた。潮の香りが流れてくる。建物に隠れて海は見えないのだが、すぐそこに存在を感じる。線路から離れて、車の通る道に出る。

「あそこ」

僕は道路の向かい側を指さした。さほど急勾配《きゅうこうばい》ではないが、細くて長い階段がずっと続いている。

「成就院の階段。ネットで名物階段を検索してたら、ここいいなぁと思って。階段の数は、人間の煩悩の数とおんなじ百八段なんだって」

「『階段おじさん』が、前に勧めてくれたよ。コメント欄で」

「あぁー！　それで名前に見覚えがある気がしたんだ」

「わたし、小学校のとき、来たことあるんだけど記憶が遠くって」

「来たんだ？」

「ほら、鎌倉に住んでたから。学校のプチ遠足みたいなので。でも、記憶が遠いからまた来られてよかった。階段があったことは覚えてるけど、段数なんて当時はもちろん知らなかったし」

瑠衣さんは、やっぱり優しい。山本はカメラを片手に、

「なかなかフォトジェニック」

と、早くもシャッターを切りまくっている。

階段をゆっくりと踏みしめながら上るのは久しぶりだと思う。最近、駅の構内でも、山手の観光地の階段でも、人が少なければ一段、二段抜かしで駆け上がってしまうくせがついていたから。

思ったよりも、ここは人が少ない。上からひとり降りてきただけで、下から上っていく人は僕ら三人のみだ。

整備された、きれいな階段だった。蹴上げ、つまり一段一段の高さが狭めだ。段差がさほどなくて、上りやすい。

「参道の横にずーっと植えられてるのが、昔は紫陽花だった。今も少し残ってるけど、もっともっと多かった」

「それはきれいだったんだろうなぁ」

「有名だったんだよ。絵葉書になったり、テレビにもしょっちゅう出たり。ほら、振り返って」

階段をかなり上ったところで、僕は、瑠衣さんの指を追う。下りてきた階段のほうを二人で見た。

「あ、すごい」

「由比ヶ浜の海だよ」

緑の木々の間に、上ってきた参道が一筋の灰色の線になっている。その先に砂浜と海が見えるのだ。白波が立っている。

僕はスマホで撮影した。後で、山本が一眼レフで撮った写真ももらおう。

「この風景に紫陽花、よく合ってたんだよね」

「紫陽花の代わりに、萩《はぎ》を植えたみたいだね」

この階段を選んだとき、一緒にネットで拾った情報を披露する。

「そうなの？」

「参道の階段を補修するときに、紫陽花を宮城県の南三陸町に贈ったんだって」

「ああ、そうなんだ」

「それで今度は、萩の花にしたって。九月、十月に咲くらしいから、もう少し前に来ればよかったね」

実はさらに、拾った情報を持っている。でもそれは言わない。あのね、瑠衣さん。ここは縁結びのお寺として知られているそうだよ。成就院の名前にかけて「恋愛成就」ってことなのかもね。

山本は頑張って先に上り切り、後から来る僕らを撮影してくれていた。

階段のてっぺんから、左に折れたところが成就院の境内だ。他にお客はいなかった。こぢんまりとした庭園を歩いてお参りした。メダカの泳ぐ鉢《はち》を眺めていると、瑠衣さんが口を開いた。

「実はさ」

今日の主題が来たのだとわかった。「話がある」の「話」だ。僕の胸が、何も聞かないうちから痛む。

「わたし、大学決まったんだ」

「え？」

山本と顔を見合わせて、それから瑠衣さんを見た。

「ごめん、話そうかと思ったんだけどさー、落ちたらちょっとアレだし、イップスも絶対に絶対に解消したかわかんないし、あ、その話もまだしてなかったよね」

瑠衣さんは教えてくれた。スカウトに来た古村さんの大学へ行ったこと、練習試合でサービスを打てたこと、二週間前、特別入試を受けたこと、英語と国語と面接だったこと、おととい正式な合格通知が出て、万が一、イップスが再発しても入学は取り消されないと約束されたこと——。

「すごい！　すごくうれしいことじゃないですか！」

瑠衣さんと話すとき、丁寧語を使わないように意識していたのだが、久しぶりに出てしまった。

「うん、親はすごい喜んでる」

「あ、それで世界史の勉強をやめたんだ！」

名探偵が解き明かすときのように、僕が人差し指を掲げると、瑠衣さんはふふっと笑った。

「そう」

「じゃあまた卓球が忙しくなるね」

「そう。これから週四回は大学の放課後の練習に参加する」

「大学はどこにあるの」

「品川。神奈川からだと近いからありがたいね。帰り、京浜東北線で、一本で帰れるし」

「そうなんだ」

僕はほっぺたに力を込めて笑みをこしらえた。その後、何を言われても、微笑み続ける覚悟で。

「あと、週一、近くの若葉高で練習させてもらうことにした。田浦卓球場、本当は行きたいけど、あそこ行って再発するとアレだし」

「うん」

「田浦コーチにはちゃんと報告したけどね。これから忙しくなる」

「うん」

「だけど、京都大階段のレースは出るからね」

「え?」

覚悟しすぎてて、反応が遅れた。

「うわーい! マジっすか」

僕より先に叫んだのは、隣で聞いていた山本だった。

「おれ、広夢に脅されてたの。もし、今日の瑠衣さんの『話』が大階段駈け上がりに出られない、って話だったら、おまえが代理で参加な、って」

瑠衣さんはけらけら笑い転げた。

「広夢って善人だと思ってた。人を脅すこともあるんだ」

「こいつはね、善人に見せかけて意外とヤバいやつだよ」

山本が乗っかるので、僕は首に腕をかけて、締め上げるふりをした。そして、瑠衣さんに尋ねた。

「でも、忙しくなるのに、大丈夫？」

「体力アップと体脂肪ダウンのためにトレーニングしなきゃいけないのは事実だから。階段使ってトレーニングすればいいわけだよね」

「そうだね！」

「それに忙しいのは二人も一緒でしょ。これから受験。わたしはもう終わりましたから」

「たしかに。忘れてた！」

僕が言うと、山本がすかさず突っ込む。

「忘れんな」

「ハイ」

山本がニコニコしながら、カメラをケースにしまう。

「いやー、でもよかった。タクワンがただで宿を提供してくれるっていうから、すごく安く卒業旅行できるな、っておれ楽しみにしてて。もし、レースにみんなが出ないとヤバかったし、おれがレースに出るならもっとヤバかった」

ははは、と瑠衣さんは笑った。

「今日もプチ日帰り旅行だよね。煩悩の階段、上れてよかったな。少し前のわたしはほんと、煩悩の塊《かたまり》だったから。親に迷惑かけて……金銭的にも。子どもの頃は無邪気に、プロになったら賞金で親にプレゼントするんだ、なんて思ってて。今はせめて大学で活躍して、結果を残して、そういう自分を見てもらわなきゃ、って決めた」

境内を出て、さっきとは反対側、つまり左側の階段を下りながら、瑠衣さんは靴音を鳴らした。

「さすがだな、瑠衣さん。僕はいまだ煩悩の真ん中にいて」

口に出してから、やっぱり言わなければよかったかな、とその先、ごまかす方法を考えたけれど、思い浮かばなかった。

「煩悩」

「うん……。母に一度も手紙を書いてない」

「今、お母さんは……」

先を言い淀《よど》む瑠衣さんの優しさを感じる。

「栃木《とちぎ》の刑務所にいる。面会も行けるんだけど、行ってない」

「そうやって距離を置くことが、お母さんのためになるんだよね？　前に言ってたじゃん」

さすが瑠衣さんは、こういうときにも素敵な言葉を見つけてくれる。僕はうなずきかけて、そのまま地面を見た。

「そのつもりだったんだけど、結局、僕はただスネてるだけなんじゃないかって気もして。自分が寂しいから母にも寂しい思いをさせようと思って」

瑠衣さんの手が、僕の頭に伸びてくる。

「よーしよし。君はひとりじゃないぞ」

そのなでなでの感触にドキッとして、僕の寂しさは潮風に流されて吹っ飛んで行った。こんなにも簡単なものなのか。

「三人で記念写真でも撮ろうか」

僕が言うと、山本がずっこけた。

「撮るなら、さっき由比ヶ浜バックだったろう」

成就院の山側の入口にいるので、風景としては地味だ。でも、なんとなく「今」撮りたかった。

「いいよ、ここで。『階段おじさん』に送ろうよ」

「じゃあ、スマホで撮って、すぐ送っちゃおうか。もう少し寄って、ハイ、チーズ」

さすが山本は、スマホで自撮りするのもうまい。三人ががっつり写っている上に、成就院境内の木の看板と門も入っている。

山本がさっそく写真を転送してくれたので、僕がメッセージを送ろうとしたら、タクワン先生から先に連絡が来ていることに気づいた。

高桑です。こんにちは。今日はお詫びをしなければなりません。実は迂闊《うかつ》なことで申し訳ないのですが例の大階段駈け上がり大会、エントリー資格がないとのこと、事務局から知らされました。

「え？　どういうこと」

思わず声を上げると、ふたりが画面を見ようと顔を近づけてくる。僕はその続きを音読した。

エントリーは来月12月なのですが、その前に一応確認しておこうと思って、事務局に連絡したのです。『参加は18歳以上となっていますが18歳ぴったりが2人いてもかまいませんよね』と。

すると事務局から、「参加は18歳以上ですが、それは前年度のレース当日の時点で」という規約があることを知らされたのでした。

読み違えていて、参加する年度のレース当日に18歳であればいいのだと思い込んでいました。だから、奥貫くんも三上さんもクリアと思っていたのです。

それ以外には女性が必ず1名以上入ることと、45歳以上の人（男女問わず）が入ること、それが条件です。そちらは、もちろん満たしていたので安心しきっていました。こんなルールも見落とすようではリーダー失格ですね。


「失格にもほどがあるよ、タクワン」

瑠衣さんが、天を仰ぐ。

僕は急いで続きを読んだ。


ただ、このままあきらめるわけにはいきません。実は、小見さんは今年が最後と決めておられます。詳しくはご本人がいずれ話してくださるかもしれませんが、階段に向き合えるのは今回限りとのことでした。

そして私自身も、どうしても参加したい事情があり、さらにせっかく教え子とこうやって〝再会〟できたのに、簡単に降参したくはないのです。もう一度事務局に掛け合ってみます。それまでどうかしばらくお待ちください。三上さんにも同じ文面を送り、状況を伝えます。

瑠衣さんは、すぐに自分のスマホを確認した。

「うん、来てた」

「事務局と掛け合うって言っても、理由があってそういうルールにしているんだろうし。タクワン先生の強さがうらやましいな」

と、ぼそぼそつぶやいてしまう。僕はこんなとき主張できないタイプだ。

瑠衣さんは僕をじろっと見る。

「あきらめきれないのは、大人だけじゃない」

「え？」

「階段は今回限りって、小見さんは言ってるらしいけど、わたしだってそうだよ。自由なのは今だけ。来年、大学の卓球部に所属したら、勝手に練習休んで卓球と関係ないレースなんてやってる場合じゃない」

「あ……そうか」

僕らはそれぞれの階段を上っていて、踊り場でたまたま合流した。けれど、それは永遠に続くことではなくて、またすれ違って別の道を上っていく。

自分は、来年も再来年も、このレースに参加できたらいいと漠然と思っていた。でも、メンバーはきっと代わっていくのだ。瑠衣さんはそこにはいない。

「じゃあ、タクワン先生を、僕らもプッシュしなくちゃ」

僕の言葉に、瑠衣さんがスマホをさっそくタップし始める。

「そうだよ、こっちの事情も説明して、さらに説得材料に使ってもらおうよ」

煩悩のなかでぼんやり生きるのではなくて、とにかく前を見て、突破することを考える。

階段チームのメンバーは、そんなことを教えてくれる。

20

第二校舎の非常階段は、学校の外からは丸見えなのだが、校庭や本校舎からは死角にある。だから、何やってんだあいつら、と注目されずに済んでよかった。

昼休み、わたしと広夢は、そこを使ってトレーニングをするようになった。

タクワンの再交渉はまだ続いている。といっても、毎日陳情《ちんじょう》に行ってるわけではなくて、待っているのだ。あの大会は、とてもたくさんの関係者がいて、窓口の一存では断ることも認めることもできないのだという。まあ、要するに厳しいということだ、とタクワンは言っていた。

けれど、どちらにしろ、わたしは体のキレを取り戻さなくてはいけない。だから、階段トレーニングをスタートした。

非常階段は、十六段で踊り場があり折り返してまた十六段で二階に到着するので、上まで行くと九十六段になる。そこを二十往復するのが毎日のノルマだ。

ひたすらスピード重視でダッシュする日もあれば、今日のように、いろんな筋肉を動かすことを重視する場合もある。

広夢から教わったのだが、どのような上り方をするかで、足のどの部分に負荷がかかるのか変わってくるそうだ。たとえば、一段抜かしにするか、二段抜かしにするか。さらに、足をクロスさせて上る、一歩一歩ジャンプしながら上る、などでも変わってくる。十往復を、すべて違うスタイルで、わたしたちはせっせと上る。

昼ご飯を食べて、お腹を満足させてからやりたいけれど、食べてすぐ運動をすると、胃に血が集まらず消化が悪くなる。だから、三時間目の後に早弁することにした。クラスにはけっこう同じ行動をとる人が多いので、目立たない。高二から高三にかけて、文化祭の準備などに忙しかった頃、みんな昼休みをフルに使うために早弁した。その習慣がついてしまって、引退してもいまだに早弁を続けているのだ。

「次、ラスト。腿を一回一回、高く上げながら、ジャンプするみたいに一段ずつ上るやつ」

広夢が、穏やかな顔で、サディスティックな指示を出す。

「それ、最後かよー。筋肉痛が出ると、大学の練習に支障あるんだよ」

わたしが文句を言うと、広夢が目を見開く。

「あ、ごめん。じゃあ、瑠衣さんはもう休んで」

相変わらず冗談が通じない。

「うっそ。わたしクラスの選手が、そんなんで筋肉痛出るわけないじゃん」

「ですよね」

まず広夢が上っていく。踊り場を曲がったあたりで、わたしが始める。

太腿、ハムストリングス、ふくらはぎ、足首。さまざまなところに自分の体重が乗り、力がかかっているのがわかる。

卓球にとってありがたいトレーニングだ。一般的には、卓球は「手」のスポーツだと思われがちかもしれない。ラケットを勢いよく振り、球に回転をかけ、相手を翻弄《ほんろう》していく。でもその上半身を支えているのは、足なのだ。

手を伸ばして、ラケットだけなんとかボールに当てても、次の球には対応できない。しっかりフットワークを行って、上半身を運ばないといけないのだ。そのための脚力アップに、このトレーニングは貢献してくれている。

四階まで辿り着くと、広夢が手すりに両肘を乗せて景色を見ていた。トレーニングしている人とは真逆の「静」の空気に満ちていて、わたしは笑ってしまった。

「何、ぼうっとしてんの」

「いや、この景色を見るのも、あと何回だろう、って思って」

高速道路がカーブしながら、視界を横切っている。その向こうに白やグレーの建物が乱立して、奥に海が見える。

「だよねー。年明け、ちょこっと学校来たら、あとずっと卒業式まで休みなんだよね」

「登校日が何回かあるけど、試験と重なったら出なくていいし」

「そうだ、志望校は決めたの？」

「うん、京都経洋大学の国際コミュニケーション学部。デジタルメディア学科が第一希望だけど、他の学科もあと二つくらい受けるつもり」

「どうしてもその大学入りたいんだ？」

「まあね。階段部があるらしいから」

「えっ」

「毎年、京都駅ビル大階段駈け上がり大会にも出てるらしいんだ」

「そうなの？　じゃあ、今回出られなくても、来年そのチームから出ればいいんだ」

広夢はちゃんと未来を描いている。そしてその未来に、わたしはいない。当然といえば当然だ。わたしの未来にだって、広夢はいないんだから。

「いや、僕は瑠衣さんと出たいよ」

穏やかな馬の目がこちらをじっと見る。目のやり場に困るじゃないか、と下を見たら、ちょうど山本が走ってきたところだった。

「おーい」

手を振ったら、山本は口をンガ、と開けて真上を見た。

「おお、そこにいたのか。下りてきてよ」

「上がって来いよ」

広夢がえへっと笑うと、山本はムキになって階段を上がり始めた。が、真上からだと階段がミルフィーユのように重なっているから、どこまで来たのかさっぱりわからない。わたしは腕時計を見た。

「遅い。もう二分たった」

「どっかでへバッてるのかも」

わたしたちは、階段を下りて行った。

果たして山本は、二階と二分の一を上ったところで、踊り場に座り込んでいた。

「やっぱムリ」

「わたしたちに降りてこさせる演技でしょ」

「へへへ」

笑いながら山本はスマホを開いた。

「ほら、先生から書き込みが」

先日、SNSに、京都について連絡を取り合うためのグループを作ったのだ。タクワン、小見さん、広夢、わたし。山本も写真担当として、そこに加わっていた。

「えっ、何」

わたしは広夢と逆側から、山本の画面を覗き込んだ。

うれしいご報告があります。先日、ご心配かけた大階段駆け上がり大会の件、レースの委員会の方々が、我々の「今年でなければ」という事情を汲《く》んでくださいました。

よって今回は特例としてエントリーを認められることになりました。

「おおおーっ！」

広夢が手を挙げたので、思い切り手をぶつけてテンション高めのハイタッチをした。

文章はさらに続く。

もっともエントリーが完了しただけで、応募チーム多数で抽選になった場合は参加できるかどうかはわかりません。ただ、抽選結果を待っているとレースまで1ヶ月を切ってしまうかもしれないので、どうぞ心の準備は始めておいてください。

「なんだー、エントリーしただけか」

わたしが文句を言うと、

「でも、これはほんと嬉しいよ」

と、広夢。人格の差が出てしまった。

言われなくても、心の準備はしている。太腿もハムストリングスもふくらはぎも準備している。

京都駅の大階段、この目で見てみたい。

21

こんにちは。皆さん、寒い毎日ですがいかがお過ごしでしょうか。

2月のJR京都駅ビル大階段駆け上がり大会まで1ヶ月を切りました。さて本日は、嬉しいご報告です。12月にチーム4名を編成して、エントリーしたのですが（若干問題が発生したのですが事務局のご厚意でなんとかクリアしました）、おかげさまで抽選も無事に当選し、当日出走する80組の中に入ることができました！

母は大変喜んでくれました。杖をつきながら本当は自分が上りたい様子です。

私自身は嬉しさと同時に、ようやく当日のレースの風景までイメージが湧いてきて、身が引き締まる思いでございます。年末に1度、ひとりで駆け上がってみました。ちょうどクリスマスの頃、階段は美しいイルミネーションに彩《いろど》られています。たくさんの老若男女が買い物帰りにうっとりと見上げる中、おじさん1名が必死にダッシュしている様子は、おそらくシュールだったでしょう。頂上に着いてゼイゼイと息を整えて、相当痛々しかったはずです。しかし、2月のレースに参加する人なのだなと、わかってくださっている方も多いかもしれませんね。

実際のレースの折には、最後まで軽やかに駆け上がってVサインを見せたい。そんな野心を抱いております。

チーム4名のうち私含め3名が初挑戦となります。まだ直接顔合わせしていないメンバーもいます。

それで名案を思いつきました。

東京で、1日だけの「階段合宿」を開こうというものです。今回は京都2名、神奈川2名という編成なのですが、私以外のもう1人の京都メンバーが、用事があって2月に東京へ行くと聞き、ついでに私も行って全員で会って、日本で最も手強い階段の1つを上ろうじゃないかという話になりました。

1名は受験中なのですが、ちょうど試験は終わるそうで、発表待ちという落ち着かないところ、申し訳ないのだけれど、会うことになりました。

本当にいいチームになりそうで、楽しみです。

それではどうぞ皆さん、気温の低い毎日が続きそうですが、お風邪など召されませんよう、お気をつけてお過ごしください。

マークシート方式なので、記入する場所を間違えないように、気を付けながら書き込んでいく。

京都経洋大学の入試は、問題数の多さが特徴だ。わからなくても立ち止まってはいけない。適当に四択ないし五択から選んでマークをつける。

「終了です。筆記用具を置いてください」

教卓に座っていた人が、そう言って立ち上がる。僕らの解答用紙は、後ろから順に回収されていった。

筆箱には消しゴムが四つ並んでいる。自分が落としたときのため、また近くの席の人が困っていたらあげられるように、と準備してきたのだが、結局周りの誰も困っている様子はなかった。

「終わっ……た」

小さい声で言って、大きく伸びをした。

これで、僕の大学入試はすべて終了だ。

合理的な父からは、五校でも十校でも受けて、合格した中から選べばいい、と言われた。でも僕は、興味のない大学を受けてもきっと落ちるだろうと思った。それに、入学試験を受けるだけでもそれなりに受験料はかかる。だから、三つに絞った。すべて京都経洋大にした。

　父は国立大学出身だ。本当は僕にも受けてほしかったんじゃないかと思う。母のごたごたがありすぎたのに、無理を言ったらかわいそうだ、と考えている気がする。だからなおさら、僕は行きたい大学をはっきりさせないといけなかった。大きな理由である「階段部」については何も話していないけれど。

　会場を出るとすぐ、見慣れた景色が広がる。

　京都経洋大の入試は大規模で、首都圏には七つの試験会場があった。東京会場で受けるつもりだったが、横浜会場がみなとみらいに設置されると知って、そこを第一希望にした。「希望が通るとは限らない」と釘を刺されていたとおり、これまで二回の試験は、東京駅の会場と、飯田橋駅の会場だった。最後の三回目、本命のデジタルメディア学科だけ、横浜で受けられた。


　無事終わりました。最初の試験の結果が、今週末には出ます。

　父にメッセージを送って、スマホを閉じた。みなとみらいから桜木町駅のほうへビルの中を抜けていく。

向こうから歩いてきた女の人の、濃紺と黄色の華やかなワンピースが、母の服と似て見えて、ハッとして立ち止まった。髪型も顔も、年齢も、まったく違う人だったのに。

母に報告したいことが溜まっている。どちらかというと、入試のことを逐一というよりも、階段のことを面白がってくれる気がした。日常が続いていたら、母は徹夜明けでも『レースを見に行く』と無理して日帰りで京都に来そうだ、と思う。

でも実際は、栃木にいる。刑務所の生活がどんなふうなのか、誰か友達ができているのか、新参者は嫌がらせを受けることはないのか、聞きたいことはたくさんある。母もきっと話したいことがいっぱいあるだろう。それでも僕はやはり行けない。

ぼんやり歩いているうちに、桜木町駅を越えて日ノ出町駅に着いていた。リュックを背負ったまま、久しぶりに「急坂」まで行った。前は、踏み面の広いこの階段を駆け上がるのは難しいと思っていた。でも、今は一気に上がれる。体力もついたし、股関節の可動域が広くなったみたいだ。

日帰り合宿に向けて、このくらいの準備でいいだろうか。ビデオチャットでしか話していない、ライオンヘアの小見さんに会うことを思うと、今から緊張する。

神谷町《かみやちょう》駅で降りるのは初めてだった。

「よう」

改札口を出たら、先に瑠衣さんがいて、手を挙げてくれた。白とラベンダー色のウエアがまぶしい。

「お待たせ」

「初めて見るスポーツウエアだ」

僕の買ったばかりのウエアに気づいてくれた。黒地に紫と白のラインの入った上下を着ている。紫は瑠衣さんの好きな色だから。そして、スニーカーはグレーと白だ。

「これで、本番も参加しようと思って。受験終わったご褒美に、買ってみた」

「わたしもウエア、悩んだんだけどこれにしようかな。テレビ局、来るって考えると、学校のジャージじゃダメだもんね」

リアルタイムではないが、地元の京都のテレビ局で八十チームの全レースが流れるらしかった。

僕たちは地下から地上に上がった。息が真っ白だ。もしかしたら雪がちらつくのかもしれない。坂道を上っていくと、東京タワーの先端が雲に突き刺さるような勢いでそびえている。

「さすが、高いねえ」

瑠衣さんが言うので、僕はタワーの中間にある展望台を指さした。

「階段は、下からあの展望台までらしいよ」

「何段だっけ」

「六百段くらい」

「ひぃ」

タワーに入ると、すぐにタクワン先生の懐かしい声が響いた。

「あ、いたいた！　君たち！」

チケットカウンターから数メートル離れたところに、先生が立っている。ごつい体にグレーのスポーツウエアの上下を着ていると、体育の教師にしか見えない。

「先生、お久しぶりです」

小さく手を振って、近づいた。夏に会って以来だから半年振りか。変わったところといえば、少し髪が伸びたくらいだろうか。前は出ていた両耳が隠れている。

そして、横にいるのは小見さんだ。やっぱりビデオチャットで顔を見るのと違って、実物は迫力がある。金色の髪の毛はくるくる長く渦《うず》を巻いていて、青いアイラインが目立つ。オレンジに黄緑のラインの入ったスポーツウエアは、普通の人なら派手過ぎて着こなせないかもしれないが、小見さんにはよく似合っていた。

「七十歳近いって信じらんない」

瑠衣さんが耳元でこそっとささやいてきた。

「すみません、今日はわざわざ東京まで」

僕が頭を下げると、小見さんは、

「ちゃうちゃう」

と手を左右に振った。

「わざわざ来たのは、曜太朗くんのほうやで。わたしはほんまに、東京に用事があってん」

「ほな、さっそく行こか」

小見さんにつられて、タクワン先生が関西弁になっている。

僕らは一個のコインロッカーに、所持品をぎゅうぎゅう収納した。

エスカレーターもエレベーターもあるが、僕たちが使うのは当然階段だ。五階からさらに上がって、屋上階へ出た。ここが東京タワーの外階段のスタート地点になる。

天候が微妙なせいか寒いためなのか、他にお客はいないし、降りてくる人も見当たらない。同世代の男子三人が、うろうろ歩いているが、階段を上るわけではなさそうだ。

なお、上りと下りの階段は別になっているので、すれ違ったりぶつかったりする心配はない。

「準備運動しよう」

タクワン先生の真似をして、僕らは、

「一、二、三、四」

と号令をかけながら、屈伸《くっしん》したりアキレス腱《けん》を伸ばしたりした。小見さんのふくらはぎが、盛り上がっていることに、密かに感動する。

「上る前に今日の趣旨《しゅし》を話しておくな。もちろん全員の顔合わせの意味合いが大きいんだが、せっかくなので、日本で特に長い階段と、日本で特に急な階段と、二つ上ろうと思う」

「急な階段もあるんだ」

僕と瑠衣さんは顔を見合わせた。

「まずここは長い階段。本番は百七十一段だ。その長さに威圧されそうになったとき、もっと長い階段を自分は上ったではないか、という成功体験が役に立つと思うんだ。約六百段ある。高さでいうと、本番は三十メートルで、これから上るのは百五十メートルだ。他のお客さんが幸いいないことだし、ダッシュとウォーキングを繰り返しながら上ってみようか」

係の人がいて、チケットを見せてから階段の上り口まで行く。

まず十六段で折り返す。小さな踊り場があって、またほぼ同じ数の階段が続く。ジグザグにはるか上までその繰り返しだ。

タクワン先生、小見さん、瑠衣さん、僕の順に上っていくことになった。

タワーの赤い脚の柱が縦に、横に、斜めに走っていて、写真をどんなふうに撮っても面白い幾何学模様になりそうだ。山本も誘いたかったが、今日は最後の受験なのだった。

階段の手すりの外側には、フェンスが全面に架けられ、体を乗り出すことができないようになっている。そのフェンスに邪魔されてやや見えづらいが、上っていくにつれて、ビル群が下になって、灰色の雲が近づいてくるのがわかる。

踊り場のところどころに、東京タワーにまつわるクイズのパネルが飾られているので、ゆっくり解きながら上るのも楽しそうだ。が、あいにく僕らはわき目もふらず上り続ける。それでも、ダッシュとウォーキングが交互だから、さほど息切れはしない。

階段垂直マラソンで、一気に何段抜かしかで駆け上がる人たちは、どれだけ大変だろう、と想像する。いつか出てみたい……？　いやいや。

三百三十三段目のパネルを階段の途中で見つけて、ぽんとタッチする。まだ半分ちょっとか。

「よし、行ける人は、ダッシュのとき二段抜かしで行ってみよう」

上からタクワン先生の声が聞こえた。

瑠衣さんが駆け上がっていく。僕もここの二段抜かしなら余裕だ。インターバルがなくても、まだいけるかもしれない。

五百段が近くなると、外階段は突然終わって内階段になった。東京の景色の代わりに、白い壁に囲まれる。

「じゃあ、ここから最後まで私はダッシュする。みんなは自分の余力と相談しながら、な」

タクワン先生がそう言って走り去る。続いて小見さんが行き、瑠衣さんが続く。僕は瑠衣さんの姿が見えなくなってから、駆け上がった。

膝ではなく股関節で上る。

ネット動画で見た教えを、実践できている気がする。「ＧＯＡＬ」の文字が見えてきた。六百段クリア。まだその先がある。〝約〟六百段だったことを思い出した。最後は、なんだか華やかだ。黒い壁にライトが光っている。上の展望台らしきところから、笑い声や話し声がこぼれ落ちてくる。

瑠衣さんと小見さんとタクワン先生の姿が見えた。

「お待たせ……し、ました」

最後だと思って突っ走ったら、息が切れてしまった。思い通りにしゃべれない。

やはり手強かった。六百段。ここを一気に駆け上がるレースに参加する人たちは尋常ではないと思う。

せっかくなので、展望台をみんなでぐるっと一周した。雲がすぐ頭上にあるように見える。

「ねえ、あれランドマークタワーだよね」

横浜方向を指しながら、瑠衣さんが聞いてくる。

「そうだね」

一瞬……ほんの一瞬、デートのような錯覚を起こした。

22

東京タワーを出て、そのまま徒歩でタクワンはどこかへ向かう。わたしたち、まるで遠足で引率されている子どもたちのようだ、と思いながらついていく。

来るとき、凍《い》てつくようだったのに、今は寒さを感じない。わずかに日が差してきた。雪がちらつく心配はなくなったようだ。とはいえ、体が冷えるといけないので、ウエアのチャックをしっかり上げた。

「東京には、何の用事があったんですか？」

なんとなく小見さんに聞いてみた。黄緑色の手袋に覆われた両手をぽんぽんと合わせながら、彼女は答える。

「実はな、セカンドオピニオンというやつやねん」

「セカンドオピニオン」

聞いたことがある気がするけれど、なんだったたっけ、と広夢を見た。

「病気の、ですか？」

「そやねん。主人がな、病気になってしもて。京都の病院に入院して手術せな、って話を進めてたんやけど、東京の子どもらが『ちょっと待て』言い出してな。こっちに名医がおるから、話を聞いてみろ、って。名医がやれば、手術がもっと確実で時間が短くて、完治する可能性があるからって」

「それはいい情報ですね」

「どやろね。ほんまは、わたしも主人も京都でええねん。だって、退院してから通うのどないするの、東京ってなぁ」

「大変ですよね」

「息子は、自分のとこに泊まったらええっていうんやけど、お嫁さんに気ぃ遣うのしんどいしなぁ」

「じゃあ、断るってわけには」

わたしは思わず聞いてしまった。

「うーん。まあ、けどな。主人とも話したんやけど、年寄りの病気は自分だけのものと違う。みんなのものやねん」

「え?」

意味がわからなくて、わたしは広夢と顔を見合わせた。

「つまりな。先の話やけど、この世にお暇《いとま》する頃にな、子どもたちが『もっとああすれればよかった』『こんな治療もあったんやないか』って後悔でいっぱいになったら、かわいそうやろ？　『やるだけのことはやったんや』って思えば、すっきりする。だから、子どもたちが考えてくれたこと、採用するかわからへんけどちゃんと検討していこうやないか。そう決めたんや。昨日診察終わって、今日は、主人は息子んとこおんねん」

「そうだったんですね」

「東京で治療するんか、京都でやるんか、まだ決めてへんけど、どっちにしろ三ヶ月や六ヶ月ですっきりよくなるもんでもない。だから、わたしはいわゆる『介護』やな。もろもろお手伝い。忙しくなるから、大階段は今回で走り納めにしようと思うんや」

「あぁ……」

先生がブログに書いていたのを思い出した。小見さんが、最後のレースになると言ってたのはこのことだったのか。

どう答えていいかわからなくて、自分の話題を出した。

「小見さんの大変さとは違うけど、わたしもレースは最初で最後なんです」

説明していると、意外にも小見さんが目をきらっきらさせて、興味を持って聞いてくれている。

「素晴らしいわぁ。本格的なスポーツ選手なんやね。曜太朗くん、あんまりくわしいこと、教えてくれへんかったから。さっき階段上ってるときも、息切れひとつしてなくて、ただ者やないとは思ってた」

「小見さんも、元アスリートなんですよね」

「アスリートなんて洒落た言葉はない時代やったけどな、女子マラソン選手や。みんなに白い目で見られながら」

「白い目？」

「女子がマラソンなんて無理や、っていう時代やったからな。ロサンゼルス五輪で初めて女子マラソンが正式種目になったときも、まだみんな半信半疑やった。アンデルセンっていう選手が、最後、意識朦朧《もうろう》としながらゴールしたんや。女子にはやっぱり過酷すぎるんや、っていう人は大勢おったなぁ」

「そうなんや」

つられて関西弁になってしまった。

「昔の話やけど、その頃の何クソっていう血が体の中に残ってる。だから、大階段駈け上がり大会は勝ちたいんや」

「勝ち負けってどう決まるんですか？」

「全員のタイムを合計して、一番時間の少ないチームが優勝」

と、前を歩いていたタクワンが振り返って言う。

「優勝は、だってすごい人たちが出るんですよね……」

広夢が、タクワンと小見さんの顔を交互に見ながら、おずおずと聞く。小見さんが答えた。

「せや。本物の陸上のスターたちや、この階段を上って十年のベテランやら。だから、さすがに優勝とは言わへん。でもベスト10に入りたいんや。わたしは多分、女性最年長やから。そういう人がおってもベスト10に入れるってところをな。あなたがたにかかっとるんやで」

小見さんが、肩を叩いてきた。

「頑張ろうと思ってます」

と、わたしはうなずいた。

大階段駈け上がり大会と卓球の全日本選手権は、違うと思っていた。その知名度も重さも。けれど、それはわたし次第なのだと気づいた。出る自分が遊び半分か、本気か。出場するからには爪痕《つめあと》を残したい。ただの付き合いや想い出作りでは断じてない。

先生が広い道を左に曲がった。

「え、何これ」

呆然と立ち尽くした。

大きな鳥居が、わたしたちの前に現れていた。その先に階段があるのだ。まるで分厚い石を縦に整然と並べた壁だ。

「愛宕《あたご》神社の出世《しゅっせ》階段。有名なんだ」

タクワンの講義が始まった。

「東京で最も有名な階段の一つだ。全部で八十六段。数だけで言えば、京都大階段の半分だ。しかし、見ればわかるようにこの威圧感はすごい。なぜなら傾斜が非常に急だから。お年寄りでなくても、手すりを頼りに上りたいだろう。特に上の方まで行くと、『絶壁』は言い過ぎにしても、険しい崖《がけ》から見下ろしている気持ちになって目が眩《くら》む」

わたしたちは鳥居をくぐって階段のすぐ近くまで行った。踏み面がさほど広くなく、蹴上げが長い。つまり、段差が大きいのだ。十段ほどなら大した圧迫感はないだろうが、八十六段も続くと、普通に「上がる」というよりも「よじ登る」に近い気がしてしまう。

「なんで出世階段っていうの」

そこが気になって、わたしは聞いてみた。いい質問だったらしく、先生は満足そうにうなずいた。

「うん。江戸時代、徳川家光公《とくがわいえみつこう》がこの愛宕山の下を通られたとき、山に梅の花が咲いていたんだそうだ。『誰か馬であの梅の枝を取ってこられるものはおらぬか』と家来にお声をかけた。しかし何しろあまりの急傾斜、名乗りを上げるものはいなくて家光公は不機嫌になられた。そのとき、一人の若者が馬を駆って見事、枝を取ってきた」

「馬でここは無理だ……」

広夢がつぶやく。口が大きく開いてますよ、と声をかけてあげたい。

「曲垣平九郎《まがきへいくろう》というその名は、全国に轟《とどろ》いた。以来、ここは出世階段と呼ばれるようになったんだそうだ」

常緑樹《じょうりょくじゅ》の緑が階段の左右を鮮《あざ》やかに彩っている。遠く、てっぺんには灰色の鳥居が見える。手すりを持ちながら階段を下りてくる人が、ちらほらいる。上る人は今のところいない。

「お参りもせずに駆け上がる練習するのも失礼だから、まずは普通に上ろうな」

「はーい」

わたしたちは歩き始めた。意地でも手すりは使わない。中腹まで上ると振り返りたくなる。体幹《たいかん》を意識しながら、体がぶれないように、そっと後ろを見る。高所恐怖症の人なら、ぞっとするだろう。

足は大丈夫なのだが、やはり体は熱くなってきた。もうすぐ額から汗が出てきそうだ。

上り切ると、正面が本堂だった。右手に池があって、鯉《こい》たちがじゃぶじゃぶと音を立てて泳ぎ回っている。

本堂で手を合わせた。

半年前は考えもしなかった、階段レースへの参加。この四人で走るのは、一生に一度だけ。

わたしたちにお力を貸してください、と祈った。

先生が写真付きのメッセージを送ってくれた。愛宕神社の池の前で、通りかかった人にお願いして撮ってもらった集合写真。広夢はなぜだか弓《ゆみ》を引くようなカッコいいポーズを取っていて、小見さんは池の縁に群がっている鯉を指さしている。先生は腕組みして保護者っぽい空気を出していた。自分はなんのポーズもなく棒立ちでつまらない。知らない人が撮ってくれたので、ちょっとかしこまってしまったのだ。

お礼の返事を送ろうとスマホを手に取ったら、ちょうど電話の着信があった。発信者を確認してびっくりした。今年に入ってから、一度も連絡をとっていなかったのに。

「はい、紅里さん?」

「久しぶり」

「どうしたんですか」

懐かしく雑談をしたい気分にはならなくて、さっさと本題を聞きたかった。

「あのね、昨日、尾津先輩からダブルスを解消された」

「え？」

思いがけなくて、続く言葉が浮かばない。

「全日本選手権で一回戦負けしてから、先輩の態度《たいど》がおかしくって」

三週間前、全日本選手権は開催された。紅里先輩と尾津さんのダブルスが一回戦負けしたのは、田浦卓球場のホームページで見て知っていた。

「『紅里が舌打ちするのがうるさい』って。最初気づかなかったけど、試合で気づいて、本当に嫌だって言われて」

わたしが潜在意識で聞いていたものを、尾津さんの耳はさすがリアルにとらえたのか。田浦卓球場で話したときの、鋭い目つきを思い出す。

「それで、田浦コーチとさっき話したら、瑠衣も舌打ちが原因で、イップスになったっていうじゃない？」

「あ……」

コーチは話してしまったのか。伝えないようにお願いしていたのだが。自分の舌打ちのせいで後輩がイップスになったなんて、紅里先輩がショックを受けるかもしれないから、と。

　わたしはうつむいた。謝られたときに返す言葉が、思いつかない。癖は直すから、またダブルスを組もうというのが用件だったら――。

「ひどくない？　瑠衣」

「え」

「わたしが舌打ちする癖あるって、早く教えてくれてれば直せたのに。尾津さんに嫌われることもなかったのに」

　早口が炸裂《さくれつ》して、止まらない。

「田浦コーチに口止めしてたんだってね？　こういうこと期待してたんでしょ。ざまあみろって今思ってる？」

　えええっ、とわたしは目を見開いた。そして思う。本当に先輩らしい。そういう強気で自分中心の紅里さんだから好きだった。尊敬していた。でもわたしはもう、別のステップを上がり始めている。

「なんか言いなよ」

　催促《さいそく》がきた。

「先輩、卓球より大事なものってありますか？」

「さあ……命くらいじゃない？」

「わたしは、卓球と同じくらいワクワクしちゃう大会に参加する予定で」

だ。

「何それ」

「卓球も大事だけど、卓球がすべてじゃなくなりました。多分、わたしと紅里先輩はもう違うんです」

舌打ちが聞こえた気がしたけれど、それは現実ではなくて、頭に刻《きざ》まれている残響だ。

電話を切りますね、と言おうとして、既に切れていることに気づいた。

曖昧に遠ざかったはずなのに、結局、こんなにもきっぱりと決別してしまった。呆然として体が動かなくなるかと思ったけれど、意外とあっさり立ち上がれた自分にびっくりした。

「そうだ、お風呂入らなきゃ」

敢えて口に出すと、いつも通りの声が出た。わたしは着替えを持って、部屋のドアを開けた。

23

京都駅は魔宮《まきゅう》だ。

僕は、自力ではあの大階段に辿り着けなかった。もちろん、もっと歩き回って、人に尋ねれば見つけられただろうけれど、ともかくいったん寮に行って荷物を置くのが先だ。

「階段、見たいぞー」

ぶつぶつ言う山本を連れて、僕は地下街をさまよった。途中、山本がついて来ないことに気づいて、何度も捜しに行った。お土産物屋さんに吸い込まれているのだ。

「帰りでいいだろ？」

文句を言いながら、待つ間に僕も絵葉書を一枚買った。

「何買ってんの？　金閣寺《きんかくじ》の絵葉書？　ベタ過ぎねーか。おまえ、春から京都が地元になるんだろ」

山本の指摘通りだ。僕は、京都経洋大学国際コミュニケーション学部デジタルメディア学科に合格した。でもなんとなく、まだ外側の人間である今の記念に、ベタなものを買っておきたかったのだ。多分。

なお、山本は第二希望には合格しているが、本命の発表は来週らしい。どちらにしろ東京の大学なので、卒業したら僕らは頻繁には会えなくなる。

再び地下街の混雑を歩き、なんとか地下鉄の改札を見つけた。乗ってしまえば一本だ。北大路《きたおおじ》駅で降りて、あとはスマホのナビの指示通りに路地裏を歩き、京都文理《ぶんり》塾の看板を見つけた。

「おお、おまえたち来たか」

事務室をのぞくと、タクワン先生が出てきた。シャツにカーディガン、そしてベルトのついたズボン。二週間前に東京タワーで会ったときはスポーツウエアの上下だったので、ずいぶん「正装」に見える。

先生は、この建物から徒歩五分ほど歩いたところにある寮へ案内してくれた。僕と山本、それぞれ一部屋ずつなんて、ありがたい。思ったより広くて、ベッドも勉強机も本棚もクローゼットもある。

「退寮した後で、清掃会社は入れたんだが、気になるとこがあったら教えてくれ。来年度の子たちが入る前に手を加えるから」

「はい」

「三上さんは、自分で宿を見つけるって話だったけど、大丈夫なのか？」

「京都駅直結のホテルに泊まるらしいです」

「あー、あそこか、それともあそこか、あそこかな」

「そんなに数があるんですか」

「いくつもある。じゃあ、三上さんとは後ほど、大階段で待ち合わせすればいいんだな」

「はい」

「今日は午後半休にするつもりだったんだが、これから外せない会議が入っちゃってな。四時にここで待ち合わせでいいか？　それとも観光してから、京都駅で五時半に待ち合わせするか？」

「このあたりで時間つぶせるとこってあります？」

魔宮で待ち合わせが無事できるかどうか、自信がなかった。

「あっちに行くと、賀茂川《かもがわ》だ。いい散歩道になってる」

「じゃあ、行ってみます」

僕は、明日の本番用ではない予備のスポーツウエアの上下に着替えて、シューズを履いた。山本はさっきと同じ格好のままだ。路地を歩いて賀茂川に出た。

「おおーっ、テレビでよく見る賀茂川とだいぶ違うな。上流、って感じだ」

僕はテレビの賀茂川をよく知らない。どう違うのか聞くと、

「ほら、おまえ、中学の修学旅行で行かなかった？　四条大橋《しじょうおおはし》だっけ。京都の繁華街のどまんなか。川の流れがゆったりしてて土手が広くってさ。それに比べると、こっちは両岸の木がでっかいし、洲《す》があちこちにあって、鳥もいっぱいいる」

山本は北大路橋の上でさっそくカメラを取り出して、

「あれはサギ。シラサギだな……あっちはアオサギ。暗いな。雲が厚いし」

と、レンズ越しに見ながら熱中し始めている。

僕は、山本が鳥に詳しいことに内心驚きながら短い階段を下りて、川岸の土手を歩いた。流れは意外と速いようだ。ところどころに堰《せき》が設《もう》けられていて、水が滝のように一メートルほど流れ落ちる。

上流に向かえば次の橋が北山《きたやま》だ。それは僕の通う大学のあるところだった。明後日《あさって》、すなわちレースの翌日、行く予定になっているので、今は下流に目を向けることにした。

アキレス腱を伸ばして屈伸運動をしてから、軽くジョギングを始める。

犬を散歩させている人がいる。手をつないでぷらぷらしているカップルがいる。双眼鏡で鳥を観察している人もいる。

一つ下の橋まで走った。その先も行きたかったが、時計が三時四十分を指していた

ので、あわてて折り返した。山本と合流すると、

「白と黒の、初めて見るカモがいてさ！　スマホで調べたらキンクロハジロっていうらしい！」

と、テンションが上がっている。

「いいから、先生んとこ行こう」

小雨《こさめ》がぱらついていたので、二人で小走りに塾へ着いた。

先生は、コンビニ傘を、僕らの分も用意して待っていてくれた。

再び地下鉄に乗って京都駅の魔宮へ向かう。先生は難なく、大階段まで案内してくれた。今度こそ、行き方を自分で覚えたつもりだけれど、自信はない。

「うわ、すげー。これ、すげー。マジで上るの？」

山本は見上げて絶句している。わかる。僕も初めて見上げたとき、なんだこの百七十一段は、と思った。特に今は空が暗くて、照明も足りないので、階段が黒い壁のように見える。

雨がたらたらと流れ落ちてきて、階段は濡れている。明日には止むらしい。その予報を信じたい。カラーコーンがあちこち置かれているが、立ち入り禁止ということでもなさそうだ。

改めて準備運動をして、さあ、まずはゆっくりと上ってみよう、と思ったときだっ

た。

上から下りてくる女性がいた。黒のレギンスの上に紫のラインの入ったショートパンツを重ねていて、スタイルがいい。やはりみんな前日に現地で練習をするものなのだな、と思ったら、その人が手を振っている。

「瑠衣さん！」

手を振り返した。本当は階段を駆け上って、ハグしたかった。

24

体中を血が勢いよく駆けめぐっている。

初めて、わたしは京都駅大階段を駆け上がった。自分でストップウォッチを持ってタイムを計ったところ、三十四秒だった。

若い男子だと二十秒台で走る人が多いと聞いて、わたしもそこに混ざってやろうと思ったのだが、やはりなかなか難しい。なお、トップの人は二十秒とか二十一秒ジャストで百七十一段を走り切る。

階段を上るトレーニングはし続けて来たけれど、本番の舞台はいろいろ違う。特に、十ケ所以上入る踊り場の処理が難しい。勢いが止まってしまうのだ。

小雨《こさめ》がまだぱらついていて、髪の毛や手先を濡らしている。体が冷えないようにしなくては、と思った。

ゆっくりと階段を下りていくと、下に広夢とタクワン、あと山本もいるのが見えた。手を振ったら、広夢が最初に気づいて手を振り返してきた。

広夢を花に喩《たと》えるとなんだろう。どうでもいいことをふと考えてしまう。あの素朴《そぼく》な笑みは、洋花ではなく和の花だ。タンポポでもスミレでもない。アサガオだろうか。ありふれているように見えるけれど、咲くと嬉しい花。

「わたし、三十四秒だった」

ストップウオッチを見せると、山本が、

「おお、そうか。タイムか。おれが上にいて、計ってやろうか」

と言いだし、広夢に、

「ぜひよろしく」

と頼まれて、エスカレーターに向かった。

「そこは階段で行くだろ」

と、タクワンが突っ込んだのだが、山本はへへへと笑っただけだった。

広夢とタクワンは、準備運動をして、一度軽く上まで予行演習した後で、本番さながらにダッシュした。広夢は三十秒五、タクワンは四十一秒七だった。

「あら、みなさん張り切って」

後ろから声が聞こえたので振り返ると、小見さんだった。スポーツウエアではないが、デニムのパンツにスニーカーを履いている。デニムが日本一似合う六十九歳かもしれないと思った。

「わたしは前日走りすぎると、当日足が張るからな。見に来ただけや」

広夢とタクワンが、階段を下りて来たところで、わたしは小見さんに尋ねた。

「あの、タイムをもっと縮めるのに、なんかコツってありますか」

「せやなぁ、今、孫がバレーボールやってるんやけどな、初心者がやることとって順番が決まってて、王道の練習の仕方もあって。そういうのに比べると、階段競走は、何が正解っていう教科書が定まってないようやね」

「そっか……。でもわたし、そういうところ、好きなんです。実は」

「そうなん?」

「卓球も、まずフォアとバックハンド、次がツッツキ、ドライブ、ってどんどんやれることを増やしていって、トップクラスになるとチキータとか。完成された技が世界に広まってく。階段はもっと曖昧で、動画で誰かがこう言ってるから参考にしてみよう、とか。そういうの、けっこう面白くて」

「動画でええなら、こういうの見たよ」

小見さんは階段の下に行って、下から三段目に足をかけた。

「階段のな、踏み面じゃなく、この角っこ、ここを蹴りながら上っていくっていう、ベテランの方がおられたよ」

その言葉に、わたしだけでなく広夢もタクワンも近づいた。上でひとり待っているのに山本は飽きたらしく、またエスカレーターを使って降りてくる。

「こうですか」

わたしは小見さんの真似をして、階段に足をかけた。広夢が言う。

「なるほど。階段を、坂のようにとらえて、上っていくイメージですかね」

斜めの坂と違って、階段は踏み面と蹴上げがあるから、急勾配でも上っていける。でもその階段を、敢えて坂のように上れば、踏み面にいちいち足をしっかりつけるよりも、タイムロスが少なくなる、ということだろう。

「やってみる」

わたしはかまえた。

「いや、やめといたほうがええんちゃう？　直前にフォーム変えるのは。そういう情報もパソコンで見たで、っていう話や」

「一秒でもタイム、縮めたいんです。できれば二十秒台に」

「僕も」

広夢もうなずいてくれた。

わたしはスタートを切った。

一段抜かしで、踏み面ではなく階段の角の部分に、スニーカーの裏のギザギザを立てるようなつもりで走った。いや、実際のところは、さっきとさほど動きは変わっていないのかもしれない。でも、自分の気持ちとしては「角」をしっかり意識することができた。

なるほど。さらに踊り場の走り方が自分でもわかるほど変わった。

さっきは平らな道を走る、という感じだった。今度は、跳び箱の踏切台を片足で跳ぶ感覚だ。さっきは三歩費《つい》やしていたところも、二歩で思いきり跳べる——。

ガクッと左膝に衝撃が入った。誰かに思いきり蹴られたように。

右足が「角」を摑《つか》み損ねてバランスを崩し、左膝が別の「角」に思いきりぶつかったのだ。ちょうど中腹の広い踊り場のすぐ手前でよかった。わたしはそのまま平らなところへ腹ばいになった。水溜まりができていて、雨水がウエアに染み込んでいく。

左膝に手を当てておそるおそる見ると、血は出ていなかった。

「どうした？」

広夢が駆け上がってくる。

「こけた」

急いで立つつもりが、膝に力が入らない。

「明るいとこで見ないと」

広夢が肩を貸してくれたので、もたれるようにして体勢を整えた。そして、エスカレーターでみんなのいる広場まで降りた。

「雨で滑ったんじゃないか。膝か？　足首か」

タクワンがしゃがんで足を見ようとする。

「左膝……。でもたいしたことない」

「余計なこと、わたし言わへんかったらよかった」

小見さんがうなだれている。

「瑠衣さん、スポーツ選手として大学に入るんだから。これから大事なんだから、無理しちゃダメです」

広夢の言葉にタクワンがうなずく。

「そうだぞ、明日のレースもなんなら辞退――」

わたしは遮った。

「何言ってんの？　みんなおおげさだって」

勢いよく屈伸して、顔を歪《ゆが》めたくなるのをこらえた。

「僕はね、瑠衣さんの体調を軽んじる人には、賛成できません。たとえ瑠衣さん本人であっても」

広夢の口調がいつになく堅《かた》くて声が低いので、驚いた。その瞬間だった。背中と足に手をかけられた。

「えっ？」

ふわっと体が持ち上がる。とっさにしがみついたのは、広夢の首だった。

どういう状況……。

混乱して数秒、やっと気づいた。

お姫様抱っこされている。

「ホテルまでどう行ったらいい？」

「え」

「部屋まで運ぶ」

ドキッと胸が鳴る。両腕の体温を、わたしの背中が、足が感じている。

「そんなのいいよ」

下りようと思って軽くもがく。しかし、腕から逃れられない。

いつもの広夢だったら、「あ、ごめん」とすぐに下ろしてくれそうなのに。

「運ぶ」

目をまったく合わせてくれず、前だけを見据えて、混雑している駅ビルの通路を歩いていく。周囲の好奇の視線を浴びまくっている。けれど、広夢はまったく気にせずホテルのロビーに入っていった。

もしかして怒ってる？

タクワンがフロントに事情説明している間に、山本がエレベーターのボタンを押してくれて、わたしは無事、部屋に着いた。広場の床に転がしておいた荷物のことをすっかり忘れていたが、小見さんが持ってきてくれていた。

ようやく下ろしてもらって、椅子に腰かけて膝を確かめた。紫色の内出血が五センチ四方に広がっている。

広夢は厳しい顔で、その箇所を見つめた。

「明日に支障があるかっていうより、卓球の競技生活が心配」

「大丈夫。全然大丈夫。むしろ、広夢が肩や腕の筋肉痛で明日動けないかも」

そう軽くかわしたが、硬《かた》い表情は変わらない。

二十分くらいたって、小見さんが所属しているスポーツジムで担当トレーナーをやっている女性が、わざわざ駆けつけてくれた。小見さんとは対照的に、髪を後ろで一つにまとめ、化粧っ気のない人だ。足をていねいに見て、

「打撲《だぼく》だけだね」

と、筋肉は痛めていないことを確認してくれた。

「よかった」

やっと広夢の顔に笑みが浮かんだ。

やっぱりさっき怒ってたよね。

心の中で思った。

トレーナーさんを見送りに、小見さんとタクワンと山本が出て行ったので、一瞬、広夢とふたりきりになった。

「初めてだったんだけど」

「え」

「お姫様抱っこ」

広夢がパチパチと瞬きする。

「僕も初めてです。王子」

「王子……？」

「すいません、調子に乗りました」

やっといつもの広夢に戻った。わたしはなぜだか笑いが止まらなくなって、枕をつかんで口元に押し当てた。

25

枕元に転がしておいたスマホが鳴った。僕は目を開けて、電話に出ながら起き上がった。

「もしもし」

「起きたか。六時半だぞ」

父の声だった。

「ありがとう」

昨夜、連絡があったのだ。論文の準備で忙しいから階段レースとやらは見に行けないのだが、終わってから奈良に泊っていくか、と。それを断って、代わりに朝、起こしてくれと頼んだのだった。父はいつも六時には布団から出る健康人だ。

「レース、頑張れよ」

「うん」

スマホを閉じて、メッセージが来ていることに気づいた。瑠衣さんからだ。

今日は走れそうです！　派手に転んだ小学生みたいな青アザだけど。

ひとまず安心してカーテンを開けると、白い雲の間に青空が見えた。雨が上がってよかった。

瑠衣さん、いい天気です。嬉しいお知らせありがとう。

栃木の空も晴れているのかな。ふとそう思うのは、朝から父としゃべったせいだろうか。母は京都に来たことはあるのか、そんな話もしたことがなかった。タクワン先生が教えてくれた、寮のそばの食堂で、山本といっしょに朝ご飯を食べた。そして、すっかり通いなれたる道となった北大路駅までの路地を歩いて、京都駅に向かった。魔宮のなかも、もう迷わない。

大階段の広場のステージ下で待ち合わせをしていたが、選手たちがぞろぞろ行ったり来たりしていて捜しづらく、タクワン先生たちと合流するのに時間がかかった。なんとか会えた頃には、既に先生はエントリーを無事済ませていた。八十チーム、合計三百二十人が参加するので、この賑《にぎ》わいになるのは当然なのだった。

「今日は暖かくてよかったねえ」

吐く息が真っ白なのに、小見さんはそう言う。

「え、あったかいんですか？　神奈川だったら普通に寒い日ですけど」

と聞いてみると、

「あのな、京都は夏暑くて、冬寒いんや。夏は魚グリルの上でじりじり焼かれるサンマの気持ちがわかって、冬は特製冷凍庫にずーっとしまわれっぱなしの冷凍マグロの気持ちがわかるんや」

「うう」

僕はスポーツウエアのチャックを上まで閉めて、冷気が入らないようにした。

「京都なめたらあかんで」

「僕、四月から京都の人になるんですけど」

つぶやきながら、あたりを見回した。

テレビで放映されるマラソン大会に出場するような、本格的なアスリートスタイルの人たちが大勢いる一方で、着物をまとったりカツラをかぶったりしている人たちもいる。公式陸上競技大会と、町の商店街のお祭りがごっちゃになったような感じだ。

タクワン先生が説明を始めた。

「私たちは比較的早めだ。全二十レースのうち、第五レースで走る。チームナンバーは十九。四チームずつ走るから、第五レースになるわけだね。出走順は、一番が私。まあみんな緊張してるだろうから、責任を取って私が先頭行きます。四十五歳以上の人、という条件もあるのでね。次が、十八歳以上の女性ということで、小見さん。あとの二人は条件ナシなので、三番目が広夢くん。ラストが三上さん。三上さんの前に三人とも走り終わることになるから、もし膝が痛くなっても辞退しやすいだろう？どうだ、膝の感じは」

瑠衣さんは黒いレギンスを穿《は》いているので、膝の状態がわからない。

「ぜーんぜん平気！」

自分の右膝をバシッと叩いている。

「左膝では？」

僕が突っ込むと、

「ふふーん、バレたか」

と笑っている。

「あのね、瑠衣さん。本業の卓球に支障があると困るんだよ？」

念のため聞くと、

「王子、わたしのこと、バカだと思ってる？　自分の体のことくらいわかるよ」

と、にらまれた。にらまれたのに、「王子」という言葉を頭のなかで反芻《はんすう》してニヤだ。

ニヤしてしまう。

先生からはゼッケンを渡された。全員、それぞれ番号が違って、僕のものには「19—3」と書かれていた。つまり十九番目に登場するチームの三番手の走者ということだ。

舞台上には、マラソン大会によく出場している有名な男性タレント・森本彰浩《もりもとあきひろ》さんがいる。司会進行のゲストだ。スポーツウエアの上下を着ているのでわかりづらいが、さすが引き締まった体だった。

ステージの横には、スポンサーから提供されたレースの商品がずらっと紹介されていた。たとえば、上位はホテルの宿泊券や、旅行券、図書カード、マグロ、松阪牛など、バラエティに富んでいる。これもまた商店街の豪華《ごうか》な福引っぽい。

「ほら、あの人、見てみ」

小見さんに言われた方を見ると、明らかに一般人とは違うオーラに満ちた女の人がいた。筋肉、特に太ももやふくらはぎの盛り上がりがはっきりとわかる。同じチームの人たちと談笑していて、その笑顔から自信とやる気が伝わってくる。

「元世界陸上の日本代表やで」

「あ……噂の」

「大丈夫、あの人らが出るのは最終レースやから。わたしらは終わって、のんびり観戦や」

「は、はい」

ともかく今できることをやらねば。僕は階段を試走《しそう》した。雨が上がった階段は、安心して踏み込めた。周りは全力疾走しているけれど、僕は本番前に力が尽きそうな気がして、軽くジョギング程度だ。もっとも、股関節は意識して、入念に広げた。

山本が階段の途中、手すりのそばに陣取ってカメラのレンズを向けているので近寄ってみた。

「もっと、ゴール前で撮りたかったんだけどさ、さすがにもう満員で入る余地なし」

たしかにお客さんがどんどん増えている。

開会式が始まるようなので、僕は階段を下りて、瑠衣さんたちのすぐ後ろについた。

瑠衣さんとタクワン先生の会話が聞こえる。

「三上さん、ご家族は見に来てないの？」

「うちのお母さん、試合は見る派だから『来たい来たい』って言ってたけど、ダメって言ったの」

「え、なんで」

「だって、広夢のお母さんは、ね」

「ああ……そうか。そうだよな」

グーで頭をなぐられたような衝撃を感じる。気を遣わせたのは僕だ。母と連絡をとっていないのだと深刻な顔をして話してしまったから。

二人が振り向いたら気まずいから、僕は数歩下がった。

母は今、何をしているだろう。土曜日は休日なのだろうか。それとも世間の休みなど関係なく労働しているのだろうか。弁護士の神部さんにも米田さんにも話を聞いたわけではないけれど、なんとなく頭に、食事の配膳《はいぜん》係をしている母が浮かんだ。一生懸命、味噌汁をよそっている。少しこぼしてしまって、「もったいない」と周りの人に怒られている――。

主催者の挨拶が始まった。他の参加者もステージ前の広場や階段の踊り場など、さまざまな場所から壇上を見つめる。

「この歴史あるJR京都駅ビルが一九九七年に誕生したその翌年から、このレースはスタートしました。遡りますと、この駅ビルは、建築家の原広司《はらひろし》氏によって設計されまして――」

僕はハッとした。天井の空中径路を見上げる。デパートに隣接するこの巨大な階段。そしてガラス張りの屋根、駅を覆う大きな建物。これを設計した人がいるということを忘れていた。建築家好きの母だったら知っているだろうか、原広司さんという人を。

その人が作った階段を僕はこれから上る。

母に報告したいと思った。そして気づいた。メールで済む時代に、僕が昨日、わざわざ金閣寺の絵葉書を買った理由。潜在的に、母に出したかったのではないか？母がクスリを断ち切る手伝いは、もうしてあげられない。それは母が自分でやるしかない。

けれど、母とつながりつづけて、僕が伝えたいことを伝えるのは自由じゃないだろうか。

あれからたくさんのことがありすぎた。母が逮捕されていなければ、刑務所に入っていなければ、僕は夕ご飯のとき餃子を食べながら、階段のこと、瑠衣さんのこと、タクワン先生のこと、あれこれ話していたに違いない。

司会のテレビ局のアナウンサーと森本彰浩さんが和やかに盛り上げた後、体操の時間があった。みんなで体をほぐす。寒風に吹かれてすぐに冷えてしまいそうだから、直前にもまたアップしないといけないが、こうやってみんなで同じ動きをするのは楽しい。

さあ、いよいよレースだ。午後に出場するチームの多くは、ひとまず会場を離れるようだ。広場を人が行き交う。

「STEP　BY　STEP」というハチマキをつけた男女とすれ違って、ドキッとする。事前に調べて知っていた。僕が進学する大学の階段部のメンバーが結成したチームだ。優勝候補の一角で、最終レースに出場するらしい。

ちなみに僕らのチーム名は『百段ズ』という。タクワン先生が命名した。

「あ、広夢、いた」

瑠衣さんが声をかけてきた。

「レース、どんな感じか見ようよ」

「うん」

階段を少し上った二つ目の踊り場のあたりが空いていたので、そこに陣取った。手すりより右側がレース会場、左側が観客のスペースになっている。

手すりに近いところは概《おおむ》ね人垣ができていて、その後ろからもたくさんの人がのぞいていた。一方、逆サイドでは、早くも買い物を終えてショッピングバッグを提《さ》げたお客さんがエスカレーターで移動している。

レース会場は、三列のカラーコーンで四つのレーンに仕切られていて、同時に走る四チームは、それぞれの決められた場所を駆け上がる。最上部の百七十一段目には、白地に赤い文字で「ＧＯＡＬ!!」と書かれた横断幕が張られている。一般の人にとっては、楽しいレストラン街のあるフロアだ。

第一レースに出走する一番から四番までのチームが、広場で整列している。アナウンスが思ったより派手だ。選手はそれぞれ名前を呼ばれ、何かちょこっとコメントまでつけられるので、観客が拍手したり盛り上がったりしている。

「やば、雰囲気に呑《の》まれるかも」

ただ見ているだけなのに、心臓がドッキドッキと普段よりもうるさく鳴る。

各チームの第一走者が、合図の音で一斉に走りだした。忍者の仮装をしている三番のチームが目立つ。目立つことだけを考えているのかと思ったら、意外と早くてびっくりする。目の前を一段抜かしで、一瞬で通過していった。

さらにびっくりしたのは、アナウンサーの実況だ。よくテレビで見るプロ野球やサッカーの試合のように、選手の動きをつぶさに放送し、それが大音量で会場に流れている。三番のチームの人が転んだのだが、アナウンサーと森本さんが心配し、応援していた。ほのぼのしているけれど、自分が実況されたらと思うと、体がこわばってしまう。

「すごいねー」

瑠衣さんもささやいてくる。

第二走者、第三走者、第四走者が続いて順に走る。合計タイムは、すぐには発表されないので、順位はわからない。

第二レースでは、この駅ビルのデパートに勤める人たちで作ったチームが出走していた。たくさんの応援団が声援を送っている。第二走者の女の人は、体力がないみたいで、途中から走れなくなって、一段ずつ歩いて上っていたけれど、ついにそれもつらくなって踊り場で両膝に手をついて休んでいた。みんなが励ましの声を送る。ようやく上りきった。タイムは二分超。でも、ひときわ大きな拍手が送られていた。

一つ一つのチームに物語があって、みんなそれを想像しながら観戦している。僕たちのチームの物語を、彼らが正確に知ることはない。でも、若者二人とタクワン先生とシニアの小見さんを見て、きっと何かを想像して、応援してくれるだろう。こわばっていた体が、少しずつほぐれていく気がした。

僕たちは広場に降りて、タクワン先生のもとに行った。小見さんもすぐにやってくる。広場の隅で顔を合わせながら、屈伸、アキレス腱伸ばし、柔軟《じゅうなん》など、あらためて準備運動を一通りやった。

「一年前は、まさかこのメンバーでレースに参加するなんて、誰一人想像していなかったな」

タクワン先生がしんみりと言う。

「一年前はこのレースを知らなかった」

瑠衣さんが言い放ってから、周りを気にして、小さく舌を出した。みんな自分のことに忙しくて、誰もその発言を気に留めていなかった。

「でも、この『百段ズ』の仲間で戦えて嬉しい。東京タワーや愛宕神社、いろんなところへ一緒に行けた。言い出しっぺはこの人だ。紹介させてもらっていいかな」

そう言って、先生は後ろを振り返った。たまたまそこにいた、という感じで立っていた白髪の女性が、杖をつきながら僕らのほうへ一歩進み出た。え？　と考えがまとまらないうちに、先生が続けた。

「母です」

そうか、この人が元凶、じゃなかった発起人だったのだ。本当はお母さんがリーダーで走るはずが、骨折したために僕らが招集された。

「高桑恵美子《えみこ》です」

いかついタクワン先生と体型は似ていないが、背は高い。瑠衣さんより体重もあるかもしれない。杖は茶色の地に梅のような小花が散らされている柄で、かわいらしい。

「こんにちは」

僕と瑠衣さんは頭を下げた。小見さんは微笑んでいる。

「今年のレースはどうしても見たかったんです」

恵美子さんが話しだす。

「というのもね、わたしは、こんなところで言うのもアレやけど、がんだと診断されてしもうてね」

僕たちは呆然としたが、タクワン先生は平然と合いの手を入れる。

「アレやわ、ほんまに。唐突すぎる」

「だって、レース前に話しておきたいし」

先生はわたしたちのほうに向き直った。

「足の治療で入院している間に、病院っていうところは、CTやらレントゲンやらでついでにいろいろ見つけるわけなんだ」

後を、恵美子さんが続ける。

「そういうこと。七十過ぎて体中調べたらね、大概《たいがい》なんか出てくるもんです。がんなんていまどきどうってことない。先生に余命を聞いたら、困っちゃって、いやー、五年生存率高いですしねえ、って。そんな程度よ」

僕は、がんと余命宣告《せんこく》はセットになっているものと思い込んでいたので、ほっと小さく息をついた。

「せやけど、来年、このレースを見に来られる保証はない。入院してるかもしれへんし、家で療養してるかも。だから、今年無理して皆さんが集まってくださって、ほんまに感謝してるんです。目の前で優勝したら、わたしは」

泣く真似をし始め、小見さんが、

「泣かんでええよ、優勝せえへんから」

と合いの手を入れている。

そんな会話の間にもレースは進んでいく。

ついに、僕らの番が来た。第五レース。

有力選手は後半に出場することもあって、現在、トップのタイムは二十八秒台だ。

まずスタート位置についたのはタクワン先生だった。「地元の人気塾講師」なんて紹介されている。見ているだけで、手のひらからじんわり汗が出てきて、僕はあわててタオルで拭く。このタオルはポケットにでも挟んでおくべきなのか、リュックと一緒に、広場に置いておくべきなのか……悩んでいる間に、スタートの合図が聞こえた。

タクワン先生が、一段抜かしで駆け上がっていく。四コースの人が速いが、次が先生だ。歓声が大きくて、届かないかもしれないけれど、

「頑張れー！」

と叫んでしまう。

あっという間にゴールした。タクワン先生のタイムは三十五秒くらいだろうか。トップの人はアナウンサーの実況で「三十一秒」と言っていたのでわかるのだが、二位はわからない。ただ、先生が元気よくこちらに向かって手を振っているのは見えた。どうやら満足のタイムだったらしい。

続いて、小見さんの名前と年齢がアナウンスされると、場内から大きな拍手が起きた。六十九歳は、今大会の女性では最年長だ。スタートすると、さらに拍手が大きく

なった。四人のトップを小見さんが走っている。さすが、日本初の女子マラソン大会に出場した人だ。ゴールタイムはわからない。なぜなら僕はもうスタート位置につかなくてはいけなかったから。

僕の名前を呼ぶアナウンスが遠い。観客の声援や音楽や周りの選手の雑談……たくさんの音に圧倒される。それでも、みんなと同じように両手を挙げて挨拶した。

最後にもう一度、足を前後に広げて、股関節をやわらかくする。

ラインの内側で、スタートの構えをする。号砲《ごうほう》が鳴った。二段抜かしで駆け上がり始めた。

お母さん、僕は今、JR京都駅大階段駆け上がり大会に参加しています。

初めてここに来たときは、2回、上まで走ったら足がぷるぷる震えるほどきつくて、大変でした。

それから半年、僕の大臀筋もハムストリングスも強くなりました。

階段がとても好きです。

大学に入ったら、階段部に入ろうかと思っているくらい。

でも何よりも、同じチームで一緒に走っている仲間が好きです。

頑張るために知り合ったわけではなくて、諸事情あって出会って、少しずつ距離が近づいて、大切な仲間になって、一生つながって連絡を取り合っていくんだろうなぁ、という人たちです。

そのうちの1人は、大切な仲間以上の存在になるといいなと夢見たりもしますが、それはおそらくないでしょう。

でも、一生応援したいなと思っています。

大きく羽ばたきそうな人なので。

本当はお母さんがビンゴゲームで当てたウエストベルト、今日つけようと思ってたんです。

お母さんがジョギングで使うはずだったやつ。

引き出しに入ってたのを見つけたから、京都に持ってきました。

でも、少しでも体が軽い方が好タイムにつながるので、結局ベルトも腕時計も外しました。

今気づいたのですが、絵葉書にこんなにたくさん文章書けませんね。

やっぱり、レース後に便箋《びんせん》を買います。

息が苦しくなってきましたが、あと20段ほどでゴールです。

みんなの拍手が聞こえます。

0・1秒でも速く。

思いきり手を伸ばし、僕は目を閉じます。
ラインにタッチしました。
大きな歓声のなかで、僕は瑠衣さんの声を探し当てました。

26

広夢が駆け上がっていく。長い足が軽やかに、二段抜かしを繰り返している。トップを争うもうひとりとずっと横並びだったのに、残り二十段ほどになって、広夢が単独一位になった。だいたい、百五十段あたりが鬼門《きもん》で、みんなガクッとスピードが落ちる。でも広夢の勢いは止まらない。

倒れ込むようにゴールするのが見えて、

「ひろむぅぅ――！」

と、叫んだ。アナウンサーの

「二十五秒台！　今までのレースで最高タイムが出ました！」

という大声に阻まれてしまったけれど。

余韻《よいん》に浸っている場合ではない。次はわたしの番だ。

最終ランナーは、性別も年齢も制約がない。わたし以外の三人は全員男性だ。右端は黒いTシャツにグレーのハーフパンツを穿《は》いた、三十代に見える人。その隣が、赤い上下のウエアに青い鉢巻を巻いている五十代、わたしの左隣は四十代だろうか。白いTシャツに濃いブルーのパンツ。いずれも、直前まで屈伸したり体をひねる動作をしたり、本気で準備している感じが伝わってくる。望むところだ。

号砲が鳴った。

わたしは一段抜かしで、そのぶんピッチを上げる。横並び一直線で最初の踊り場をクリアする。ライバルなのに、なぜか左右の人たちに親近感を覚える。このまま一緒に並んでゴールまで行こうよ、と声をかけたくなるような。

歓声と拍手が大きくなってくる。

アナウンサーの実況の声も大きくなる。わたしがどうやら速いらしい。

左の観客席から、

「あの女の子、トップ！」

という叫びが聞こえる。

スピードが落ちないように、腕をしっかり振る。

左右、視界に他の選手は入らなくなった。

心地いい。でもそれは、自分が速いからではなく、階段を上ることがやはり楽しいからなのだと思う。

今年限りだ。最初で最後。そう決めてきたけれど、本当に？

この日だけはどうしても参加するのだ、と、来年、香林女子大学卓球部のなかで言い張ればいいではないか。

膝がじわりじわりと痛くなってくる。昨日転んだところが、一晩では治りませんよ、と自己主張している。以前のわたしなら、体調が悪いときでも自分を叱咤していた。今は、体をおだてて、なだめる。ほら、階段、上りがいがあるよ。あと少し、一緒に頑張ろう。ゴールに着いたらあの人に会えるんだよ。途端に膝が元気を取り戻したのを感じる。

ゴールの文字が見えてきた。

最後の最後、疲れは倍速で襲《おそ》ってくる。

ふくらはぎが重い。腿が張ってきた。そして膝の内出血は、ごまかせないくらいの痛みを発している。

でも、あの人には、膝のことは内緒だ。

また怒るから。本人に聞いたらきっと「怒ってない」と言い張るだろうけど。

わたしを抱えてまっすぐ混雑のなかを歩いていく彼の眼差《まなざ》しを見て、自分の気持ちに気づいた。

これから挑《いど》んでみたい。あの人と離れて過ごす生活を。

距離があっても、きっとふたりはつながっていける。いや、もし無理ならば、わたしが会いに来る。そうだ、来年も一緒にこの階段へ。
あと少しだ。
頑張りたい理由が、目の前に現れた。
ほら、思い切り手を伸ばしたその先、ゴールラインのその向こう——。
王子がいて、両手を広げている。
わたしはその胸に飛び込んだ。

横浜階段散歩　～あとがきに代えて～

九月下旬なのに真夏日の横浜。午後二時、みなとみらい線の元町《もとまち》・中華街《ちゅうかがい》駅の改札口で『階段ランナー』担当の女性編集者・Oさんと待ち合わせしました。

元町はちょうどチャーミングセール期間で人がいっぱい。このセールは毎年二月と九月に開催されています。敢《あ》えて極寒と残暑の時期に集客しようと始まったイベントで、この期間中はレストランもカフェも満員になってしまうのでした。

でも、Oさんとわたしのお目当てはセールではありません。にぎやかな通りを途中で左に折れ、代官坂《だいかんざか》を上りかけたところで、脇の階段（高田坂《たかだざか》）に入りました。ここは本作の冒頭に出てきた階段で、上りきると元町百段公園《ひゃくだんこうえん》があるのです。単行本刊行時、Oさんをご案内する機会がなかったので、いつかぜひ、と思っていたのでした。

階段は途中で細くなり、上から誰か降りてきたらすれ違う時に肩が触れ合ってしまいそうですが、人の気配がなく静かでした。右の塀は葛《くず》のつるで覆《おお》われていて、赤紫の花にセセリチョウが群《むら》がっています。強い日差し、百段近い階段。Oさんはバテているかしら、と振り返りながら励ましました。

「そこを上りきったら、百段公園ですからね」

「えー、もう着いちゃいましたか⁉」

がっかりした声が聞こえてきました。改めてOさんの服装を見たらパンツにスニーカーにリュック。低山《ていざん》ハイキングができそうな格好で、気合い十分です。

思い返せば、Oさんとはいくつかの階段取材をご一緒したのですが、いつも体力の差を感じていました。東京タワーの階段も愛宕《あたご》神社の階段もすいすい、と上っていきます。この作品をきっかけに、普段の出勤の折も、南北線目黒《めぐろ》駅の地下ホームから地上までエスカレーターを使わずに階段を上っているそうですし。今日も、ここがゴールだなんて許されなさそうな雰囲気。さらに歩くプランをご提案せねば！

百段公園を見てから大通りに出て、今度は代官坂を下っていくことにしました。途中にオススメのパン屋さんがあるのです。「ブラフベーカリー」といって、ブルーが基調のおしゃれなお店。それぞれパンを買い込み、さらに下へ向かいます。間もなく左手にさっきの階段が見えてきました。これでぐるっと一周したわけです。

セール中の大通りには戻らず、右の路地へUターンする形で入っていきました。突き当たりが元町公園で、階段が上に向かって延びています。再び上ってOさんを疲れさせようじゃないの！　というのがわたしの計画です。

公園には明治を偲《しの》ぶ遺構《いこう》があります。横浜市民としてきちんと解説したいのに、

「えーっとね、ジェラールっていうフランス人が水を何かやって……」

下調べしたつもりが忘れてしまって、我ながらまったく説明になっていません。

実はわたし、歴史作家・門井慶喜《かどいよしのぶ》さんに歴史的な建築物を案内してもらう作家の会「ブラカドイ」のメンバーです。門井先生の解説を、メモも取らずにふんふんと気楽に聞いていたのですが、その知識量と入念な準備、いまさら仰《あお》ぎ見る思いでした。

再度調べると、この遺構は、ジェラール氏が船舶給水業のために作った貯水施設で「ジェラール水屋敷地下貯水槽《そう》」と呼ばれている場所でした。見学した後、Oさんと園内の長い階段を上り、木立《こだち》のなかで蚊《か》に刺《さ》されつつ、てっぺんにたどり着きました。また百段程上ったはずだけど、まったく表情が変わらないOさん。どのくらい歩いたら疲れるんだろうな、この人。

エリスマン邸という素敵な洋館に寄ってから、Oさんに聞きました。

「お茶しませんか?」

実は自分のほうが疲れているし喉《のど》も渇いている……。エリスマン邸のほぼ斜《なな》め向かいの「えの木てい」に立ち寄りました。横浜・山手《やまて》の丘の老舗《しにせ》ケーキ屋さんといえばここ! という有名店。喫茶室が満員だったら、テイクアウトでチェリーサンドの持ち帰りをオススメしたいのですが、幸いこの日は入れました! Oさんはオレンジの

ショートケーキ、わたしはシフォンケーキをアイスティーのセットでいただきながら、『階段ランナー』の取材の思い出を語り合います。

　ＪＲ京都駅ビル大階段駈け上がり大会を取材した時、Ｏさんはこの競走にすっかり魅《み》せられ、「わたしたちもエントリーしませんか？」と誘ってきたのでした。「魅力的な案ですが、一回上っただけでふくらはぎが笑い、二回目に上ったら足全体が泣き笑いみたいな状態になってしまったわたしは、ご迷惑をかけるだけになると思うので……」と、辞退しました。ノリが悪い作家でごめんなさい。でも「正しい判断だった」とわたしの心臓が申しております。

　店を出ると日が傾《かたむ》いていました。外国人墓地の前を通り、港の見える丘公園へ。薔《ば》薇《ら》の時季には早すぎましたが、ローズガーデンには色とりどりの花が咲き乱れています。結局ちっとも疲れなかったＯさんは、横浜港の遠景《えんけい》を満喫していました。

　作品を書く前に、「行ってみたいね」とふたりで話していた階段はまだまだたくさんあります。江戸時代に建立された福島の会津《あいづ》さざえ堂、香川の金刀比羅宮《ことひらぐう》、大阪・あべのハルカスの非常階段一六一〇段（年に一度くらい一般公開されるようです）。いずれもまだ上っていない地です。

　いつかまた「階段散歩」の機会があったら、どこに行きましょうかね。みなさんのオススメの階段はどこですか？

〈協力〉
西日本旅客鉄道労働組合
株式会社 京都放送
弁護士　熊谷明彦

「JR京都駅ビル　大階段駈け上がり大会」ならびに階段名は実在のものです。
実際のレースの参加資格は「前年度の大会当日現在満18歳以上」となりますが、本書では大会運営事務局許諾の上、18歳の高校生がエントリーしています。ご了承ください。

本作は2022年1月徳間書店より刊行されました。
登場する人物・団体名はフィクションです。

徳間文庫

階《かい》段《だん》ランナー

2025年1月15日　初刷

著者　吉《よし》野《の》万理《まり》子《こ》

発行者　小宮英行

発行所　株式会社徳間書店

東京都品川区上大崎三-一-一　〒141-8202
目黒セントラルスクエア

電話　編集〇三(五四〇三)四三四九
販売〇四九(二九三)五五二一

振替　〇〇一四〇-〇-四四三九二

印刷
製本　中央精版印刷株式会社

ISBN978-4-19-894993-8　（乱丁、落丁本はお取りかえいたします）